講談社文庫

掟上今日子の遺言書

西尾維新

講談社

第一章　入院する隠館厄介 ―― 9
第二章　依頼する隠館厄介 ―― 43
第三章　案内する隠館厄介 ―― 69
第四章　拝聴する隠館厄介 ―― 103
第五章　待機する隠館厄介 ―― 139
第六章　対面する隠館厄介 ―― 163
第七章　再訪する隠館厄介 ―― 189
第八章　質問する隠館厄介 ―― 223
終　章　執筆する隠館厄介 ―― 253

掟上《おきてがみ》今日子《きょうこ》の遺言書《ゆいごんしょ》

遺言少女に捧《ささ》ぐ——

第一章

入院する隠館厄介

1

ぐしゃり、と、卵を潰《つぶ》したような音がした。

自分の身体《からだ》の中からだ。

何が起きたのかちんぷんかんぷんで、さっぱり、わけがわからなかった——という表現は、この場合、いたく修辞的であり、事実をまったく言い表せていない。実際には『わけがわからない』などと思うような暇《ひま》もなく、僕の意識は遮断された。

せいぜい、人間、死ぬときはこんな呆気《あっけ》ないものなのだろうと、感じた程度である。

2

まあ、そんな風に呆気なく死ねたら、人生に苦労はないと言うものであり、命は儚《はかな》いものであると同時に、しぶといものでもある。

雑居ビルの屋上から転落した女子中学生の身体が、家路につこうと道を歩いていた僕の身体を直撃したのだと知ったのは、一週間生死の境をさまよった末、病院のベッドの上で目覚めたあとでのことだった。

命拾いはしたらしい。

ただ、その幸運を嚙《か》みしめ、神に感謝するには、今回、我が身に文字通り降りかかった不幸は、あまりにも度が過ぎているというものだった――むしろ、何か恨みでもあるのかと、神を呪いたくもなる。

ただでさえ、普段から日常的かつ恒常的に、軽犯罪から凶悪犯罪まで、数々の犯罪事案に巻き込まれ、その上そのたび、あらぬ疑いの目を向けられては容疑者扱いされるという、濡《ぬ》れ衣《ぎぬ》を普段着のように着こなす僕なのに、久しぶりに――ようやくのこと――就職が決まったという矢先で、こんな酷《ひど》い目に遭《あ》わなければならないのか。

具体的な被害を報告すれば、命こそ助かったものの、右腕前腕部と右足大腿部《だいたいぶ》を派手に骨折してしまったので、当然ながら僕は、しばらくの間、働くことができない――どころか、満足に字を書くことも、ものを食べることさえもできない――わけで、もちろん、退職は余儀なくされるだろう。

最近は履歴書を書く合間に、備忘録にも似た文章を書くようになっているが、こうなるといよいよ、僕は作家にでもなるしかないという気になってくる。

そんなことを言うと、

「作家にでもって。おいおい、作家をなめるなよ、厄介《やくすけ》」

と、見舞いに来てくれた紺藤《こんどう》さんに窘《たしな》められた――大手出版社、作創社《さくそうしゃ》に勤める社員であり、三十代の若さで週刊漫画雑誌編集部を率いる部長職の紺藤さんは、かつて小説部署に属していたので、僕の迂闊《うかつ》な発言を聞き逃せなかったのかもしれない。

確かに失言だったと謝りかけた僕を、「ま、実際のところ」と、紺藤さんはころりと笑った。

「作家をなめてる若者こそが、案外、あっさり作家になれちゃったりするんだけどな――そういう意味では、お前はなかなか資質があるぜ。なにせ、普段から体験している事件を文字に起こすだけで、何冊だって本が書けるだろうし。今回の体験だって、なかなか得難《えがた》いものだろう」

からかわれているのか、励まされているのか、どちらとも取れるような、どちらとも取れないような物言いである――ここは好意的に受け止めておくとしよう。

「それにしても」

と、紺藤さんは、ベッド脇で林檎《りんご》を剝《む》きながら続ける――元上司である紺藤さんにそんなことをしてもらうのは申し訳ない限りなのだが、右手が自由にならない身としては、甘えるしかない。

それに、そんな遠慮をされることこそを、紺藤さんは一番嫌うだろう——今はただの友人同士なのだからと、敬語を使うことすら許してくれないくらいなのだから。

「空から女の子が降ってくるっていうのは、漫画の世界じゃあ、結構な憧れのイベントなんだけどな。それが実際に起きてみると、こんな悲惨なことになるわけだ……、お前も大概悲惨な目に遭ってきているけれど、入院っていうのは、意外と珍しいんじゃないか？」

「うん、まあ、そうだね。得難いよ」

もっとも、起きた現象から鑑《かんが》みれば、それでもこれは、軽傷で済んだほうなのだろう——主治医いわく、こうして意識さえ戻ってしまえば命に別状はないし、骨折した箇所に関しても、おそらくは後遺症も残らないそうだ。

その気になれば今日にでも退院できると太鼓判を押されている——それはまあ、病床に限りのある病院で、いつまでも個室を占領して欲しくないという、病院側の本音の現れかもしれなかったが。

「まあまあ。入院費も馬鹿にならないだろうから、早く退院できるなら、それに越したことはないだろう——親からもらった丈夫な身体に感謝って奴だな、厄介」

「うん、それはその通りだ。感謝感激雨あられだよ」

身長百九十センチを越える巨大な身体など、日常生活を送る上では邪魔《じゃま》っ気だと、はばかることなく言ってきた僕だったが（むしろこの身長のせいで悪目立ちして、何かと疑惑の目を向けられやすいのだと思っていた）、それゆえに今回命が助かったのだとすれば、これは不幸中の幸いと言うしかない。

「骨折は治ったら、前より丈夫になるっていうしね——これ以上丈夫になってどうするんだって話だけれど」

「はは、それは俗説だけどな」

俗説なのか。

まあ、筋肉じゃないんだから、そんな超回復みたいなことはしないのか——さすが紺藤さん、博学である。

俗説と言えば、古代ギリシャの哲学者か誰かだったかが、頭上から鳥が落とした亀の甲羅の直撃を受けて命を落としたなんていう俗説もあった。頭上から女子中学生が落ちてきて、そのボディアタックを食らうというのは、同じくらいの不運ではあるけれど、それが死因にならなかっただけ、ぎりぎりのところで、僕の悪運も尽きてはいないのかもしれない。

そしてそれは、僕に限った話ではない。

落下した女子中学生のほうもまた、転落した先に僕が歩いていたことによって、命拾いしていた――七階建ての雑居ビル、その屋上から落ちたのだ。普通ならば、その身と同時に、命も落としていたはずである――僕というクッションがあったからこそ、彼女は死なずに済んだ。

女子中学生――正確には中学一年生。

まだ誕生日を迎える前の、十二歳の女の子である――ティーンエージャーにさえなってない、まあ、子供と言っていいだろう。

それもまた、救いの要素だった。

もしも僕の身体があと一回り小さかったら、そしてもしも成長期真《ま》っ只中《ただなか》の彼女の学年が、あと一学年でも上だったなら、お互い、無事では済まなかったかもしれない。

もっとも、僕はこうして意識を取り戻したけれど、別の病院で、未だ生死の境をさまよっているらしい彼女のほうは、あまり無事であるとは言いにくい。

一口に意識不明と言っても、彼女が具体的にどういう状態にあるのかは、入院中の僕の身からは不明だけれど、少なくとも、僕の献身的な自己犠牲によって一人の少女が助かったのだ、なんて、うぬぼれられるような状況でないのは確かだった。

……それに、仮に彼女がこのあと、治療の甲斐《かい》あって無事に意識を取り戻したとしても、彼女が僕に感謝するというようなことはないかもしれない――なぜなら。

なぜなら女子中学生は、自らの意志で、雑居ビルから飛び降りたのだから。

身投げ——という奴である。

遺書をしたため、靴を揃《そろ》えて。

アスファルトで舗装《ほそう》された歩道をめがけて、両の足で飛び降りたのである——助かるつもりなんてなかったのだ。

だから彼女にとって、たまたま真下を歩いていた僕なんていうのは、己が決意を妨《さまた》げる邪魔者でしかなかったのだ——これでは僕としては、報われない。

重傷を負い、ほとんどクビが内定してしまった身としては、浅ましいと言われようとも、せめて身を挺《てい》して子供を救ったという名誉くらいはいただきたいものだったけれど、実際には、ただ自殺の巻き添えを食らったというだけなのだから。

まあ、十二歳の身で自《みずか》ら命を絶とうというような決断をした少女が、抱えていたであろう事情を想像すれば、『だけ』なんて、そんなことを言うべきではないのかもしれないし、タイミングが少しズレて、目の前で少女が地面に叩《たた》きつけられるのを目撃するよりは、今の展開のほうが、いくらかマシだったのかもしれないけれど。

たとえ感謝されなかろうと、むしろ余計な真似をとなじられようと、命を救えたことは、誇らしく思うべきなのかもしれない——それが、そんなつもりはなかった偶然の結果だとしても。

不運の結果だとしても、だ。

「はは。いい奴だな、お前は」

紺藤さんは、これは本当にからかうように言う。

「どうしてそんなお前が、いつもいつも、犯人扱いされるのかわからないよ――今回の件にしたってな」

「………………」

その点に触れられると、さすがに落ち込む。

いや、あらぬ疑いをかけられることに、元より慣れることなんてないのだけれど――それでも、『今回の件』については、さすがにへこむというのはあった。

ただ道を歩いていただけだというのに、真上から人間が降ってきて、入院する羽目《はめ》になって……、それでもそのことで双方の命が助かったというのだから、取りようによってはそれは、美談とは言えないまでも、奇跡的な出来事として好意的に取り上げられてもいいはずなのに、世間での扱いはまったく様相を異にしていた。

僕が意識不明の状態にあった間に、盛んにテレビで流れていたニュースは、まるで真下を歩いていた僕が、落下してきた女子中学生にとどめを食らわしたかのようなものだったそうだ。

とどめも何も、そもそも少女は死んでないし、いったい何がどう解釈されてそんなことになったのか、どんな深読みと曲解があったのか、僕は慌てて過去一週間分の新聞を読み返そうとしたけれど、あまりの酷さに、途中でその行為をやめてしまった。

ともかく、あらゆるメディアで、女子中学生に対する殺人未遂の罪で、事実上僕が犯人扱いされていた——まさか、死にかけてまで濡れ衣を着せられようとは……、僕は死に装束まで濡れ衣なのか。かつて見たことのない一式フルオーダーの濡れ衣である。

僕の冤罪《えんざい》体質も、来るところまで来たという感じだった。

名探偵になれるなんて思ったことはないけれど、僕はろくに被害者にさえなれないようである。『被害者』が未成年の女子中学生であるがゆえなのか、僕のことも実名報道されていないのが、せめてもの救いというべきかもしれなかった。

もっとも、このままだと『古書店従業員(25)』の正体が世に知れ渡るのも、時間の問題だろう——僕のことはともかく、僕みたいな男を雇ってくれた店主に対して申し訳が立たない。

「『古書店従業員(25)』ねえ？　かつては出版社に勤めておきながら、今度は古本屋に勤めるような両天秤《りょうてんびん》なことをするから、罰《ばち》が当たったんじゃないのか？」

ううむ、現役の出版社勤めの言うことは厳しい。

そう言われると一言《いちごん》もない。

裏切りを働いたかのような気持ちになる。

とは言え、紺藤さんの部下として、確かに僕は一時期、作創社でアルバイトをしたことがあったけれども、その際も冤罪をかけられ、やや理不尽な形でクビになっているので、別に出版社に義理立てすることはないのだが。

それを差し引いても、今、僕が直面している状況は、受ける罰として、大き過ぎる。

「まさかそんなことにはならないと思うけれど……、報道を鵜呑《うの》みにして、もしも警察が事情聴取に来るようなことがあったら、いつでも探偵を呼べるようにしておいたほうがいいかもしれないな」

僕はなまじ冗談でもなく、そう呟《つぶや》いた。

こういう場合、果たしてどんな探偵を呼べばいいのか、判然としないが……、僕の携帯電話のアドレス帳には、いろんな探偵事務所の電話番号が登録されているけれど、空から降ってくる女の子の事件に強い探偵というのは、ぱっとは思いつかない。強《し》いて言うなら、報道被害に強い探偵を雇うことになるだろう……、メディアコントロールのプロフェッショナルと言えば、そう……。

「掟上《おきてがみ》さんはどうだ？」

そこで、紺藤さんは言った。

と。

「ん……？　いや、こういうのは今日子《きようこ》さんには向かないよ。今日子さんじゃない。中でも向かないほうじゃないのかな」

今日子さん——掟上今日子さんと言うのは、以前、紺藤さんに頼まれて仲介した探偵である。やや変わったタイプの探偵と言うか、変わった特性を持つ探偵であって、それゆえに、当時紺藤さんが抱えていた悩み事にはうってつけと言っていい人材だったけれども、しかしその特性は、今回のようなケースには、明確に不向きだと言える。

何度か経験があるけれど（本来は何度も経験するようなことではないはずなのだが）、報道被害からの回復というのは、うんざりするほどの長期戦だ——だからこそ、『どんな事件でも一日で解決する』、最速の探偵の出番は、この場合、ないと言える。

「そうか。まあ、そうだな。これを機会に、お前と今日子さんの仲が進展する、みたいなことがあれば、災い転じて福となる感じだったんだろうが」

「ははは……、面白いことを言うね、紺藤さん。僕と今日子さんの仲が進展するようなことはないよ。それは紺藤さんだって、よくわかっているだろう」

「お前がそう思っている限りは、その通りだな」

紺藤さんはそう言って肩を竦《すく》め、

「だったら、お前の名誉回復については、別の探偵を呼んでもらうとして——」

と、剝き終わった林檎を、僕に手渡した。

「俺のほうに、掟上さんを呼んでもらえないだろうか、厄介」

「え？　紺藤さん、それはどういう意味だい？」

「つまり、俺としては」

と、紺藤さんは言った。

「またもや忘却探偵に――忘れて欲しいことがあるんだよ」

3

もちろん、友人であり、それ以上に恩人でもある紺藤さんからの頼みを断る理由なんてあるわけもない――作創社で働いていたとき、身に覚えのない疑いをかけられた僕を、ただ一人、庇《かば》ってくれた紺藤さんのためになら、何でもするくらいの気持ちはある。

むしろ、こんな恩返しの機会を窺って、常に待機している隠館《かくしだて》厄介だと言ってもいい――しかし、この日に限っては、あまりに唐突だった不意討ちのような話題の展開に、さすがに驚きを禁じ得なかった。

僕がこうして入院する羽目になっている一方で、紺藤さんもまた、何らかのトラブルに見舞われていたということなのか？

だとしたら、この人も、僕に負けず劣らずのトラブル体質ということになる――普通、人生で二度も三度も、探偵の世話になることなどない。

それも、こんな短期間に立て続けに。

「それが厄介。俺にしてみれば、さほど唐突というわけでもないんだよ——不意討ちを食らわせたつもりもない。だって、今回、お前がまたしても巻き込まれた事件と、これは無関係じゃないんだから」

「？　無関係じゃない？」

「どころか、大いに関係している——正直、頭を抱えていてな。お前も大変だろうが、俺も及ばずながら、頭を抱えてるのさ」

紺藤さんはそう言って、やや力のない微笑を浮かべる——今まで、自分のことばかりで気付かなかったが、そういう風に見ると、いつもエネルギッシュな紺藤さんの表情に、若干《じゃっかん》の疲れが見えなくもない。

僕が意識を失っている一週間の間に、何かあったのだろうか？　僕と無関係じゃない、僕が大いに関係していると言われても、心当たりはまったくないのだが——まあ、僕に心当たりや身に覚えがないのは、いつものことだ。

「ひょっとして、またぞろ里井《さとい》先生に、なにかあったのかい？」

里井先生というのは、里井有次《ありつぐ》先生——紺藤さんが担当している漫画家の一人で、彼が編集長を務める雑誌の看板作家だ。

以前、今日子さんを紹介した案件というのが、里井先生の職場で起こった盗難事件だったのである――こう言ってはなんだが、その際、里井先生からはいわゆる天才型の漫画家さんだという印象を受けたので、それゆえに、漫画家としてだけではなく、トラブルメーカーとしての才能も強いように思われる。

ただ、この推理は大外れだった――やはり僕は探偵役にはなれない。

「里井先生は順調だよ。順風満帆と言っていい。あの事件を経てから、益々《ますます》調子が上がったくらいだ――掟上さんのキャラクターが、里井先生にとっては、いい刺激になったようだ」

それは何よりだが、個人的には焦りを感じる話でもあった――発表の予定はないとは言え、今日子さんの探偵ぶりを文章にまとめようとしている僕なのだから、才能あふれる漫画家に先んじられてはたまらない。

まあ、里井先生はミステリー漫画を描くタイプの漫画家ではないはずだけれど……。

「じゃあ、誰か、他の先生？」

「その通りだ。冴《さ》えてるじゃないか、厄介」

そんな風に誉められても、今更気恥ずかしい。

紺藤さんがプライベートで悩みを抱えるとは思えないので、探偵を呼びたいというのなら、おそらくは業務関係だろうと考えただけだ。

こんな冴えない、普通の発想もない。

「と言っても、俺が直接担当している漫画家さんじゃあないんだが……、お前は、まだ知らないかな。阜本《ふもと》先生。阜本舜《しゅん》先生と言うのだが」

お察しの通り、知らなかった。

しかし、紺藤さんがわざわざ『まだ』という前置きをしたくらいだから、これからどんどん有名になるであろう新人漫画家なのではないかという推測がついた。

今や押しも押されもせぬ、不動の地位を持つ里井先生とは違う意味で、編集部にとって大切な、期待をかけられる才能の持ち主——と言ったところか。

「ああ、まあ、そんなところだ。と言っても、もう新人ではないな。年齢は里井先生より上で、キャリアも長いから」

「ふうん……」

若い才能が次々デビューしていく印象の強い漫画業界だが、一方で、意外と下積み生活が長い傾向もある。その分、いつ、どこからでもブレイクできる夢のある仕事だということもできようが、しかし、そんな甘いものでもなかろう。

無職よりはいいだろうが、少なくとも僕に勤まるとは思えない、過酷な世界のはずだ——さっきの紺藤さんの言いかたじゃあないが、その過酷を過酷と思わない、里井先生のような人だけが、成功していくのかもしれない。

「うちの雑誌で、皐本先生にこの間から連載していただいている作品……、『ベリーウエル』は、なんていうのか、『来そう』な感じのある作品でな。いよいよ、皐本先生の時代が来るのかと、編集長として俺は心躍らせていたんだよ」

そんな風に熱く語られると、ああ、紺藤さんは充実した仕事をしているんだなあと、我が身を差し置いて、嬉《うれ》しくなってしまったりもするのだけれど、しかし、タイトルを聞いても、やっぱり知らないものは知らなかったので、迂闊なコメントができない。

それに、その話だけ聞いたら、紺藤さんも皐本先生も、里井先生同様にまさしく順風満帆であり、トラブルからの回避術についてだけやけに詳しい僕の出る幕など、まったくなさそうなのだけれど。

「ただ、そこで問題が発生した。それも、とんでもない大問題だ」

と、僕が話の中核をつかめずに戸惑っていると、紺藤さんは本題に入ったようだった。

それを受けて、僕は身を乗り出す。

いったい、僕が無関係ではない悩みというのは、なんなのだろうか。

「ある意味それは、目新しい問題とは言えない——お前が日々見舞われているような、奇妙奇天烈《きてれつ》な目新しい出来事が、皐本先生の身に起こったというようなことではなく、漫画家でも小説家でも、いわゆる作家ならば、いつ巻き込まれるかわからないようなトラブルだ。新機軸ではなく、古典的とも言える」

「……？　妙に持って回った言いかたをするじゃないか。大仰《おおぎょう》なばかりでわかりにくいよ、紺藤さん。心配しなくとも、もしも必然性があるのなら、今日子さんはどんな依頼でも引き受けてくれるから、大丈夫さ。あの人は変わった事件や、魅力的な謎《なぞ》のある事件しか受注しないというような探偵じゃあないから。そして忘却探偵ゆえに、秘密厳守は絶対だ」

　もっとも、忘却探偵の特性上、『一日以内に解決できるタイプの事件』でなければ、引き受けてはもらえないだろうが――この間は、そのルールを半《なか》ば破ってしまって、目も当てられないような大惨事になったのだ。

　紺藤さんには申し訳ないけれども、もしも僕の段階で、明らかに無理だと判断できるようだったら、今日子さん以外の、適切な探偵を紹介することになるだろう――あの件では、僕も結構な責任を感じているのである。

「いや、そういう意味じゃあないんだが……、まあ、そうだな。あまり勿体《もったい》ぶって、変に期待されてしまっても、意に反する。編集者として、俺が言いにくいというだけのことなんだ」

　実際、紺藤さんらしくもない、奥歯にものの挟まったような言いかただった――期待をするのは不謹慎だろうが、ここまで慎重に前置きをするからにはいったいどれほどの悩みなのだろうと、心構えをしてしまうのは致しかたのないところでもある。

だが、覚悟を決めた紺藤さんが、いよいよ本題に入って具体的な説明を始めるのかと思っていたら、

「頭上から、お前を直撃した女子中学生なんだが――彼女は自殺を試みたんだよな」

と、今更、そんなことを言い出した。

一部報道によれば（と言うか、ほとんど全部の報道によれば）、なぜか僕に殺されかかったことになっている彼女だが、少なくとも、そこは嘘偽《うそいつわ》りのない事実として、彼女は自ら飛び降りている。

これまで、ミステリーじみた奇妙な事件を数々体験してきている立場とすれば、ここは当然、自殺に見せかけた殺人を疑うべきなのかもしれないけれど――実際、そういったケースも僕は絵空事ではない実体験として知っている――、今回の場合、女子中学生の肉筆の遺書が遺《のこ》されているのだから、まず間違いがないはずだ。

パソコンやメールによる遺書なら、偽造もありうるだろうが……直筆となれば。

「そう。問題は、その遺書なんだ」

「？　だから、何が問題なんだよ」

むしろ、犯人扱いされかかっている僕にしてみれば、その遺書の存在こそが生命線とも言える。今は報道で好き勝手言われている程度だけれど、それがなければ、僕は本当

に殺人未遂の罪を着せられてしまいかねない――考えてみれば、自ら命を絶つにあたって遺書を遺さねばならないという決まりはないのだから、僕としては、よくぞ遺書を遺してくれたと、女子中学生には感謝すべきなのかもしれない。

「そうだな。友人として、俺もお前同様に、その点、深く深く感謝すべきなのかもしれないが――しかし、とても感謝できそうにないな」

と、紺藤さんは、珍しく怒気《どき》をはらんだ声音で言った。僕に対する怒りではないようだが、思わず怯《ひる》んでしまう。

「ど、どういうことだい？」

「その遺書こそが、今の俺の――そして誰より、皐本先生の、悩みの種だからさ。いや、種どころか、とっくに発芽して、その蔓《つる》は皐本先生を、ぐるぐるに縛り付けている」

「…………？」

「遺書の内容が問題なんだよ――彼女は遺書の中で、皐本先生のファンであることを明言しているんだ」

鈍い僕は、そこまで言われても、まだぴんと来なかった――けれど、続く言葉を聞いて、さすがに、紺藤さん達が抱える問題の大きさ、深刻さを、理解せずにはいられなかった。

「皐本先生の作品に影響を受けて自殺すると、はっきりと書いてあったんだよ——ご丁寧に、キャラのイラストまで添えられて」

4

『古書店従業員（25）』が、重要参考人として扱われているのが見るに堪えなくて、僕はニュースや新聞に、ちゃんとは触れていない——だから女子中学生の細かなプロフィールや、彼女が遺した遺書の具体的な内容までは把握《はあく》していなかった。

ともかく、彼女が遺書を遺して、自分の足で飛んだのだということしか知らなかった——正直に言えば、十二歳の子供が自死を選んだ事情なんて、自分が容疑者扱いされているという事実以上に、直視したいものではなかったという本音もあって、彼女がどういう理由で自殺未遂に至ったのかを、あえて知ろうとは思わなかった。

デリケート過ぎる。

たとえそれが、僕の入院や失職に、繋《つな》がる原因であろうともだ——彼女が今も生死の境にいることを思えば、尚更《なおさら》である。だが、まさか遺書の内容が、そんな馬鹿げたものだったとは——いや、馬鹿げたなんて言っちゃあいけないのか。

人命が絡んでいるし——それに。

作家生命に関わっている。

まさか、僕が意識不明になっている間に、そんな事態が、紺藤さんを襲っていようとは……。

「僕が無関係じゃない……、大いに関わっているというのは、そういうことかい」

「と、言うか……、もしもお前がそのとき、彼女の落下点を歩いていなければ、事態はこんなものじゃあ済んでいないだろうな」

と、紺藤さん。

気持ちを落ち着かせるためなのか、自分の分の林檎も剝き始めた——そこで初めて、僕は紺藤さんから渡された林檎を持ったまま、口をつけていないことに気付いて、思い出したようにかぶりつく。

ジューシーな果実を咀嚼《そしやく》してから、

「どういう意味だい？」

と訊《き》くと、

「『古書店従業員（25）』がマスコミの寵児《ちようじ》になっていなければ、今、世間からバッシングを受けているのは、皐本先生だっただろうという意味さ」

と、紺藤さんは嘆息した。

いや、そんなことを言われても、それについて嘆息したいのは僕のほうである。間接的にとは言え、どうやら知らぬ間に紺藤さんの役に立てていたらしいことは嬉しいけれども、しかし、だからと言って、マスコミの寵児（むろん、正しくは『マスコミの餌食《えじき》』だろう）になっていることを、良かったとは言えない。

「ああ、俺も別に、お前がバッシングされたことをよかったと言うつもりはないんだが、それで相当助かっているのは事実だ。俺がその昔、お前の冤罪を庇ったことなんて、帳消しになってあまりあるくらいにな――お釣りは国家予算に匹敵するよ。お前を犯人扱いするという報道の方向性がブレるといけないからなのか、遺書の内容は、ほとんど公《おおやけ》にはされていない状況なんだ」

そうなのか。

穿《うが》った見方をすれば、僕を犯人扱いするために、報道が遺書を隠蔽《いんぺい》しているとも言えるけれど、もちろんそれは『被害者』が未成年で、まだ生存しているから、なされている配慮でもあるのだろう――それでも、もしも僕があの日、彼女の落下点にいなければ、彼女は目論見《もくろみ》通りに命を落としていたはずだし、おそらくは遺書も一般に公開されて、彼女を自殺に追い込んだ『犯人』が、槍玉《やりだま》にあげられていたに違いない。

即《すなわ》ち――阜本舜先生が。

「……その、女子中学生に影響を与えた作品と言うのは、さっき紺藤さんが言っていた、連載中の『ベリーウエル』という漫画なのかい？」

「いや、違う。むしろ、皐本先生の初期の作品だ。新人時代の……『チチェローネ』という読切だ」

と、僕の質問に答えた。

連載中のタイトルもさっきまで知らなかった僕なので、その読切のタイトルを聞かされても、内容には思い当たらない……、『チチェローネ』という外来語（？）の意味さえわからないくらいだった。

「ああ、知る人ぞ知るって作品だよ。その作品を読んでいるとなると、彼女が皐本先生のファンだというのは本当なのだろう——そんな熱烈なファンがいることは、本来、喜ぶべきことのはずなんだが」

「……どんな漫画なんだい？」

訊いていいものかどうか迷いつつも、しかし訊かなければ話が進まないと思い、意を決して、僕がそう言うと、

「一言では言い表しにくい……、が、作中に、自殺するキャラクターが登場するのは確かだ。見方によっては、自殺を過度に美化するような描写も、まあ、あるにはある。何分デビューしたての、若い頃の作品だから、過激と言うか……、いささか、尖《とが》っている感じも否めないな」

と、極めて渋々といった風な感じで、紺藤さんは説明した——ふうむ。

実物を読んでみないことには何とも言えないが、だとしたら、その漫画を模倣して、女子中学生が自殺に及んだのだと、そう責め立てる者もいるだろう。

ただファンだったと言うだけでなく、遺書においてそう明言されているのなら、尚更だ——僕が犯人候補として取り上げられていなければ、今頃報道では、『漫画が子供に及ぼす悪影響』や『表現の自由は無制限ではない』と言った、お決まりの議論に火がついていたに違いない。

想像するだに恐ろしい。

どうして僕がこんな目にと、半ば本気で神を呪っていたけれども、しかし自分の冤罪体質を、皮肉ではなく、初めて真剣にありがたく思った。そうでなくとも、もしも、僕が彼女の落下点にいなかったらと思うと、ぞっとする。

一番最悪のケースは、落下点にいたのが冤罪体質の僕ではない他の、もう少し身体の小さい誰かで、その誰かも、自殺志願の女子中学生も、双方命を落としていた場合——か。

その場合、皐本先生の漫画が、二人の命を奪ったなんて非難を浴びていただろうことはおよそ確実だ。

言うまでもなく、僕は推理小説の読者として、表現の自由は守りたい派である——かと言って、報道の自由を規制するわけにもいかないだろうけれど、作家に窮屈な思いをしながら、空想を形にして欲しいとは思えないというのが、僕の意見だ。

いや、これは意見なんて大仰なものじゃない——ただの感想である。気持ちを表明しているだけで何も深く考えてなんかいない。反射的で、考察の欠片《かけら》もない——実際に、えげつない差別表現が満載の作品に触れれば、僕はきっと気分が悪くなるだろうし、こんなものを子供に見せるべきじゃあないと、そんな風に『感じる』に違いないのだから。

答のある問題じゃあないのだ。

賛否両論、あって当然。

創作された作品が、受け手の人生に、あるいは感性に影響を与えるか与えないかと問われれば、そりゃあ与えるに決まっている——漫画を読んでプロ野球選手やプロサッカー選手になった読者がはっきりといるのに、不良や犯罪者になった読者は絶対にいないとするのは、さすがに無理がある。

子供に限らず、大人だって、作品から影響を受けて、人生が良くも悪くも変わってしまうことはあるだろう——それは否めないし、むしろ、人生を変えるために、人は作品に触れるのだという言いかたもできる。

漫画だろうが小説だろうが、映画だろうが、あるいはノンフィクションの現実だろうが、何かに接して、その後も変わらないなんてことは、土台不可能である。

極端な話をすれば、僕を容赦なくバッシングする報道を見て、『疑わしい奴はいくら批判してもいいんだ』と思う視聴者《ようしゃ》もいるかもしれない——受け手に影響を与えないメディアなんてない。

こんな相対化のような真似《まね》にだって、本当は意味なんてないのだ——だから、意見にも足りない感想を述べた時点で、この議論は本来終わっているのだと、僕は思う。

人間が周囲から影響を受けるのは当然だというのは、理屈であって、それで感想を論破したところで、誰も納得できまい。言い負かされることは、負けじゃない。勝ち負けの問題じゃないし、価値観の問題でさえ、ひょっとしたら、ないのだ。

「……だけど、紺藤さん。それは確かに、とんでもない大騒動の因子ではあったけれど、幸いにして、その事態は避けられたわけだろう？　すんでのところでと言うか……、言うなら、アクシデント以前のインシデントで終わったわけだ……、つまり、その問題は、もう終わっているんじゃないのかい？」

終わりなき議論は終わっているし——そして、問題も終わっている。

解決しているとは言い難い、なんとも根の深い問題ではあるけれど、それでも、僕がスケープゴートになることによって、回避できたと言える——めでたしめでたしの大団円ではなくとも、一件は落着しているのではないだろうか。

「いや、問題はそう単純じゃないんだ。確かにお前のお陰で——というのも変だが

——、問題が表面化することはなかった。だが、表沙汰《おもてざた》にならなければいいというもんじゃない。公にはならなくとも、ご本人には伝わってしまった」

「ご本人？」

「つまり、皐本先生だよ」

いたくショックを受けてらっしゃる、と紺藤さん。

それは伝えた奴が悪いのではないだろうか……、誰が伝えたんだ、と、まあ、僕が憤《いきどお》っても仕方がないのだが、つい、紺藤さんに感情移入してしまう。

「自分が描いた作品が、子供の命を奪ってしまうなんて——と、筆を折りかねない勢いだ。いや、勢いが殺されたと言うべきなんだがね」

悪い冗談である。

しかし、気持ちはわかる——わかるわけがないか。

漫画作品でというのは聞いたことがないけれど、小説や戯曲など、創作物に触発された若者が自死を選ぶなんてのは、遥《はる》か昔から普遍的にあったことだ——なんて言っても、そんなのは何の慰めにもなるまい。

期待をかけている漫画家が、そんな苦境に追い込まれているというのであれば、紺藤さんが思い悩むのも無理はない——雑誌の編集長としても、一個人としても、その悩みを共有せずにはいられないだろう。

そういう人だ。

でも、その件について、第三者としてできるアドバイスがあるとするなら、結局のところ、皐本先生が、自力で乗り越えなければならない苦境なのだろうという風に思う──あるいは、それでもう漫画なんて描きたくないと思うようであれば、その判断は、尊重されてしかるべきだ。

「ああ、もちろん、そんなことはわかっているさ。直接の担当編集者と一緒に、皐本先生を説得してはいるが、最終的にはご本人の判断ということになるだろう」

「そうかい。そうだね、まあ、僕が言うようなことじゃなかったね──出過ぎた真似だった。己の差し出がましさが恥ずかしいよ。だけど、だとしたら、どうして僕にそんな話をするんだい？」

聞き終えてみると、完全に業務上の秘密である──僕が遭遇した事件と、深く関係しているとは言っても、皐本先生の去就《きょしゅう》に関わるような遺書の内容を、僕に教えてしまってよかったのだろうか。

そもそもは、今日子さんを紹介して欲しいというような出だしだったと思うのだが……、聞けば聞くほど、これは忘却探偵に依頼するような案件ではないという風に思う。

否、忘却探偵に限らず、どんな探偵にも、手のつけようがない事件だろう──解決すべき謎も、突き止めるべき犯人もいないのだから。

「確かにお前の言う通りだよ、厄介——ただしそれはあくまでも、今言ったような話が事実ならば、だ」

「……？　事実ならば？」

事実——じゃあ、ないのか？

そのつもりで聞いていたけれど。

ただ、僕もこれまで、数々の『事実』という名の汚名をかぶせられてきた身の上である。僕が現在、重要参考人としてメディアを賑《にぎ》わせているように、今の話もまた、何らかの『でっち上げ』だと言われれば、それを簡単に否定することはできない。

確かなことなんて何もない——なんて、それはとある、完璧主義の名探偵の台詞《せりふ》だが。

「ん……少し、誤解を招く言いかただったかな。事実は事実なんだ。実物ではないが、俺は警察から遺書のコピーを見せてもらっているし、まだお前に話していない事情も、ある程度踏み込んで聞かせてもらっている——皐本先生の置かれている状況と、お前が置かれている状況は、そういう意味じゃあぜんぜん違うものだ」

「だったら」

「だけどな、なんだかしっくり来ないんだよ」

と、紺藤さんは言った。

『なんだか』などとぼかしてはいるけれど、それは完全に断定する調子だった。

しっくり来ない。

何が、しっくり来ないのだろう？

「逆に言えば、しっくり来過ぎる――出来過ぎている。うまく言葉にはできないんだが、作為的な気配を感じるんだ」

「作為的……」

陰謀、みたいなことだろうか？

これから雑誌の未来を担《にな》う期待の作家を挫《くじ》こうという陰謀……？　そのために、女子中学生にそんな遺書を遺させて、自殺させた何者かがいる――とでも言うのだろうか？

馬鹿な。

そんなストーリーラインは、出来過ぎどころか、出来損ないだ――僕でもそうは抱かないような被害妄想である。

「ああ。もちろん、そんな絵空事を唱えるつもりはないし、もしもその女子中学生が、本当に皐本先生の作品のせいで自殺したんだとすれば、編集部の長として、俺だってその責任から逃れようというつもりもない――ただ、それだけじゃあないと確かに思わせる違和感があるんだ」

違和感……漠然としていて、それでは何の根拠にもならないように思えたけれど、しかしだからと言って、覚えた違和感を、無視していいような問題ではあるまい。

だから——今日子さんなのか。

だから、掟上今日子なのか。

ようやく得心がいった。

これは、その違和感の正体を、つかんで欲しいという依頼なのだろう——紺藤さんがうまく言葉にできない、僕に至っては話を聞いた限りでは、まったく感じることもできない正体を。

むろん、正体なんてものがなければ、それをつかむことはできないだろうし——あったとしても、今日子さんにその正体が確実につかめるとは限らないけれど。

里井先生の件で、それにその後の須永《すなが》先生の件で、紺藤さんは、たぶん実際以上に、今日子さんのことを買っている節がある——実際には今日子さんは、守秘義務の厳守に特化しているだけで、必ずしも万能の名探偵ではないのだが。

まあ、そこは気回しと言うのだろうか、紺藤さんはことあるごとに、僕と今日子さんの接点を作ってくれようとしているような節もあるけれど、今回の場合は、そういうわけではあるまい——今、紺藤さんが置かれている状況に、僕と今日子さんとの間柄をおもんぱかっているような余裕はないはずである。

「いやいや、厄介。お前の言いたいことはわかるが、しかし俺としては、他の誰でもなく、掟上さんにお願いしたい必然性があるんだよ。むろん、今からでも、決して表沙汰になって欲しい事案じゃあないから、秘密厳守でおこなって欲しいのは当然なんだが、今回、特に重視したいのは、忘却よりもむしろ、彼女のスピードのほうだ――だから、掟上今日子なんだ。最速の探偵としての掟上さんの才覚に、俺は期待したいんだよ。なにせ、あまりにも時間がなさ過ぎる」

「時間がない……？　どうして？」

確かに今日子さんには、『忘却探偵』の他にもうひとつ、『最速の探偵』という称号もあるけれど、どうしてそれが必然と言うほどにまで、必要なのだろう。

既に事件が起きてから一週間が経過しているわけだし、こう言っちゃあなんだが、今更急いでもしょうがない気がするのだが……。

何か最速を求めるわけでもあるのだろうか。

「皐本先生も大変な時期だとは思うが、しかし、なにせ『ベリーウェル』は週刊連載だからな」

そこで紺藤さんが述べたのは、極めて現実的な理由だった。

本人が筆を折ると言うのならそれも止《や》むなしというようなことを言っておきながら、期待の漫画家の引退を認めるつもりなど、漫画雑誌の編集長には、ぎりぎりまでないらしかった。

探偵が秘密を遵守するように——と、彼は言う。

「漫画家には締め切りを厳守してもらわないと困る」

第二章　依頼する隠館厄介

1

「初めまして。忘却探偵の掟上今日子です」

翌日。

いつも通り、まったく初対面ではないのにそう言って現れた今日子さんは、病室中央に配置されたベッドに近づいてきて、

「じいいっ」

と、僕の右足を見るのだった——厳密には、僕の右足の大腿部、つまり、骨折して、ギプスが施《ほどこ》されている部位を。

「きょ、今日子さん？」

何の凝視かわからず、しかも距離がいきなり近過ぎることに戸惑い、僕がおっかなびっくり、そんな風に声をかけると、「いえ、失礼」と、今日子さんは猫背にしていた身体を起こした。

「私、骨折って憧れでして。つい、我を忘れて見入ってしまいました」

骨折して入院している人間を前に、ずいぶんなことを言う。まあ、こうして今日子さんと対面するにあたって――『初対面』にあたって、ふさわしい枕の話題ができたのであれば、骨折した甲斐もあったと言えるかもしれない。

言えるか。

しかし、あながちそれは、『初めまして』での、距離を詰めるための冗談でもなかったらしく、今日子さんは、

「ちょっと触りますね」

と、こちらが頷《うなず》くのも待たず、まるで診察するようなことを言いながら右腕のギプスのほうにも触れて来た――なんだろう、骨折して人気者になるだなんて、まるで学生時代じゃあないか。

病院という場所に合わせたのか、ただでさえ総白髪《そうしらが》の今日子さんの本日の衣装は、全体的に白を基調としたファッションだった。刺繍《ししゅう》の入ったロングスカートに長袖のダンガリーシャツ、薄いストールを羽織っている――眼鏡の縁《ふち》だけが黒く、際立っていた。

「うーん。いい。格好いい」

うっとりとした風に言う今日子さん。

どうしてギプスにそこまで心を奪われる……、まるで、事件の証拠を細かくチェック

するかのような彼女の動作に、僕はなすがままだった。

人の趣味というのはわからないものだ。

まさか、僕のギプスが事件の内容に関与しているとは思えないが……、しかし『無反響無加工事件』においては、現場に遺されていたわずかな糸くずから、犯人を特定してみせた今日子さんである。

僕に施されたふたつのギプスから、女子中学生の自殺について、意外な真相を導き出すこともできるのかもしれない——そう思うと、迂闊に『何をしているんですか』とも問えなかった。

代わりというわけではないが、僕は今日子さんに、

「……今日子さんは、骨を折られた経験は、ないんですか？」

と訊いた——この訊きかただと、苦労したことがあるのかないのかという質問のようではあるが、むろん、文字通りの意味の質問である。

「ないんですよね。ですから、憧れなんです」

彼女は僕のほうを見ないまま、べたべたとギプスをなで回しながら、そう答えた——とは言え、この場合、その回答を鵜呑みにするわけにもいかない。

なんだかんだで、結構危なっかしい探偵である今日子さんが、これまでまったく怪我《けが》をしたことがないとは思いにくいし——仮に、本人が過去に骨折したことがないと思っ

ていても、それは、忘れているだけなのかもしれないのだ。

2

今日子さんが僕の腕と足の、ふたつのギプスにご執心《しゅうしん》の間に、忘却探偵についての説明をすませておこう。僕が最初に依頼した頃には、知る人ぞ知る特殊なタイプの探偵だったのだが、しかし最近では忘却探偵の知名度もあがってきたので、既にご存知かもしれない。しかしそれでもお忘れのかたもおられるだろうから――忘却探偵だけに。

置手紙《おきてがみ》探偵事務所所長・掟上今日子。

所長と言っても個人事務所であり、所長であると同時に唯一の従業員であり、営業も広報も、経理も、すべて一人で執《と》り行っている、いわゆる『ワトソン役』のいない探偵である。

孤高の探偵というのは、意外と珍しい。

能力の高さは、その時点でも知れようというものだが、今日子さんの探偵としての特性は、実のところ、そこにはない――忘却探偵の異名からもわかるように、彼女の探偵としてのキーワードは、『忘却』である。

今日子さんには、今日しかない。

彼女の記憶は、一日ごとにリセットされる——夜寝て、朝起きれば、昨日あった出来事を、綺麗《きれい》さっぱり、忘れてしまうのである。

どんな捜査をしようと、どんな真相を突き止めようと——依頼人のことも、犯人のことも、例外なくすべての情報が、頭の中から消えてなくなる。

すべての記憶が、消去される。

言うならば、他人の秘密を探り、世の中の裏側に触れることが職務内容と言える探偵業を営む上で、これは極めて大きなアドバンテージになることになる——守秘義務を完全なる意味で厳守するという、そんな絶対保証を持つ探偵など、そうはいない。

実際、今日子さんはその特性ゆえに、国家機密や国際問題に切り込むような依頼を受注することも少なくない——表沙汰にしたら命も危ないような、一般的な探偵ならば関わることも躊躇《ちゅうちょ》するような危険な案件にさえ、平気の平左で切り込めるのだ。

こうなると、特性というよりはほとんど特技だが、むろん、それだけの利点には必然的に、クリアしなければならない条件が伴う。

一日で記憶がリセットされるということは、どんな事件であれ、一日以内に解決しなければならないということだ——集めた証拠や組み立てた推理も一日で忘れてしまうのだから。

難事件であれ、不可能犯罪であれ。

彼女にはタイムリミットがある。

忘却探偵は、守秘義務を守ると同時に、制限時間も守らねばならないのだ——そうでないと、職務が職務として成り立たない。

それゆえの、『最速の探偵』である。

忘却探偵ゆえに最速の探偵——最速の探偵にして忘却探偵。

どんな事件でも一日以内に解決する名探偵——まあ、現実的には、依頼があった段階で、それが原理的に、一日で解決できる事案なのかどうかを判断した上で、可能だと判断した場合のみ、置手紙探偵事務所は事件の捜査に乗り出すということなのだが……、裏を返せば、今回、紺藤さんから仲介を頼まれた、女子中学生の身投げに関する事件の捜査を引き受けてくれたということは、今日子さんはこの根の深い、素人目《しろうとめ》にはどこから手を着けていいのかわからないような依頼を、当日中に解決することができると、そう見なしたということなのである。

3

「ふうっ。堪能しました。ありがとうございました」

変なお礼を言われて、ようやく今日子さんは僕を解放してくれた——冤罪体質の僕ゆえに、忘却探偵には何度も窮地を救ってもらってきたけれど、今までたまたま機会がなくて気付かなかっただけで、この人、ちょっとやばい人なんじゃないかと不安になりつつあったので、解放されて、心底ほっとした。

どうやらギプスいじりは（終わってみれば当然ながら）、今回の事件に向けての探偵活動ではなかったようで、

「それでは時間も限られていますので、早速、お仕事の話に入らせていただきます――隠館厄介さんですね？　初めまして」

と、今日子さんは、今更本題に入るようなことを言った。

僕が誰かも把握しないまま、限られた時間の中、骨折部位を触りまくっていたらしい。

何をしているのだ。

ちなみに、忘却探偵には何度も窮地を救ってもらっているが、もちろん、今日子さんはこれまで、僕を窮地から救ったことを忘れている――何度目の依頼であろうと、今日子さんにとって、僕は『初めまして』の相手なのである。

正直な気持ちを言うと、そんな風に、会うたび忘れられているというのは、受けるダメージが大きい――あらぬ疑いをかけられるのと、どっこいどっこいのショックがある。

忘却探偵であることや、最速の探偵であることを差し引いても、さすがにトップクラスとは言えないまでも、十分に能力が高い部類の探偵である今日子さんに、しかし依頼を躊躇《ためら》うことが多いのは、そんなショックを受けたくないからだ。

だから僕が今日子さんに依頼をするのは、『忘却』や『最速』がどうしても必要なとき——そして、今回のように、仲介を頼まれたときに限られる。

……もっとも、『初めまして』でありながら、まだ名乗っていないのに、今日子さんが僕を僕だと特定できたのは、どうしてなのだろう？　今朝、電話をかけて依頼したとき、名前は伝えたものの、それが僕だとは、まだわからないはずなのだが。

そんな疑問が顔に出たのか、今日子さんは、

「ほら」

と、ベッドの柵《さく》の部分を指さした。

正確には、ベッドの柵に張り付けられた、患者としての名札である——生年月日や血液型と共に、『隠館厄介』という名前が書いてあった。

言われてみればなんてこともない——探偵としての観察力の一環、というほどのことでもないのだろうが、たぶん、推理とは、こういう細かな発見の積み重ねなのだろう。

「現在時刻は十時十分」

と、感心する僕をさておいて、今日子さんは、病室の窓際に設置された置き時計に目

をやった——仰《おつしや》る通り、時針と分針が、もっとも見栄えのよい角度を形成している。

ちなみに待ち合わせは十時だった。

つまり今日子さんは十分間にわたって、僕の骨折部位を楽しんでいたということになる——今日しかない今日子さんなのに、そのうち十分を、なんて無駄遣いさせてしまったのだろうと、反省したい気持ちにもなった。

僕のせいではないにしても。

「何かと込み入った事情もあるようですし、お忙しい身体である紺藤さんや皐本先生のスケジュールに合わせて動くことになりますので、そうですね、とりあえずさしあたっての規準として、十二時間での解決を目指しましょうか。つまり、夜の十時までに、本事案を解決に導きましょう」

「え……、じゅ、十二時間でですか？」

いきなり具体的に示されたその数字に、思わず驚いてしまったけれど、これはむしろ、最速の探偵である今日子さんにしては、時間をかけているほうだ。

紺藤さんや皐本先生とは、午後から作創社の本社ビルの中で会って、もう少し詳しく話を聞くことになっているのだが、その辺りに、大きくバッファを取っているということだろう——まあ、紺藤さんからはともかく、皐本先生から話を聞くのは、結構な難事業になることは想像に難くないので、それくらい幅を取って想定をしておくのが、賢明というものか。

「まずは、隠館さんからお話を伺わせてください——隠館さんは、直接の依頼人ではなく、あくまでも仲介者だということですけれど、しかし、同時に事件の当事者でもありますからね」

「は、はい」

ギプスを楽しんでいたときからは考えられない段取りの良さで、今日子さんはてきぱきと進めていく。

当事者も当事者、下手をすれば命を落としていたかもしれないくらいの当事者なので、そこに異論はなかった——が、続けて、

「一応、最初に確認させておいて欲しいんですけれど、隠館さん、件《くだん》の女子中学生を殺そうとしたわけではないんですよね？」

と訊かれて、腰砕けに脱力する。

手足を骨折している身で、腰まで砕けたらたまったものじゃあないが——まあ、いつものことと言えば、いつものことだ。

だいたいにおいて今日子さんは、僕がかぶせられている濡れ衣の真偽を確認するところからスタートする——それは僕に限らず、どうも今日子さんの探偵としてのスタンスの根っこの部分に、『依頼人は嘘をつく』という絶対条項があるらしいのだ。

正しくはあるが、寂しくもある。

僕から見れば、もう結構な長い付き合いなのに、まったく信頼関係が積み上がらないというのは、なんとも言えない徒労感と虚無感だ。

忘却探偵ゆえに、積み上がらないのは当然と言えば当然なのだが……。

「電話を受けて、ここに来るまでにそれなりの予習を済ませてきたのですが、どうやら一部報道でそういう情報が流れていましたようですので、確認です——気を悪くされたらごめんなさい」

そう謝りつつも、あくまでもこちらからの返答を待っている様子の今日子さんである——そこをなあなあで済ませるつもりはないらしい。仕方なく、僕は、

「まったく身に覚えのないことですよ」

と答えた。

「そもそも、そのときは何が起こったのかもわかりませんでしたから。身に覚えがないというより、記憶がありません——職場から、家に帰ろうとしたところまでしか覚えてないんです。ぐしゃりと、骨が折れる音がして、次に気がついたら、このベッドの上にいたんです。ビルの屋上から飛び降りた女子中学生が、僕を直撃したなんてにわかには信じがたい事実、僕は人から聞いて知りました」

自分の不運さに仰天したものだ——そんな不運に見舞われながら、なぜか犯人扱いさ

れているというその後の展開には、仰天どころか俯《うつむ》いたが。

「そうですね。さすがに私も、狙って落下点に入ったというのは、非現実的だと思います——落ちてくる女の子を助けようと飛び込むのでも無理でしょうし、まして、傷つける目的で落下点に飛び込むなんて」

「で、ですよね？　僕も、どうして自分が参考人扱いになっているのか、本当にわけがわからず——」

ついつい、いつもの調子で、そんな縋《すが》るようなことを言ってしまう僕だった——今回は別に、僕の濡れ衣を晴らしてもらおうという話ではないのだけれど、これはもう癖みたいなものである。

もっとも、僕は早い段階でそんな報道からは目を逸《そ》らしてしまったが、紺藤さん曰く、さすがにリアリティに欠けるストーリーラインだと思ったのか、一時過熱していた報道も、昨日あたりから、下火になっているらしい。

違うニュースが台頭し始めたというのもあるのだろうが——移り気な報道と言うか、いやはや、ニュースが『流れる』とは、よく言ったものである。

「ですが、隠館さん。本当に気が付かなかったんですか？　女の子が落ちてくるのに事前に気付いていれば、避けることもできたと思うんですが」

素朴《そぼく》な口調で訊かれたが、避けていたら、僕は無事でも女子中学生は無事では済まない——今でも意識不明の重体だが、即死していてもおかしくなかった。

しかし、探偵としては、するべき質問か。

まあ、気付いていても避けなかったと言い切れるほど、僕も聖人君子のようなことは言えないけれども。

気付かなかったからこそ、起こった出来事だ。

だいたい、町を歩いていて、なかなか、真上を見上げることなんてない——どこの誰が、頭上から女子中学生が落ちてくるなんて、想像するだろう。

「わかりました。そこは信じましょう」

納得してくれたようで、今日子さんはそう言ってくれた——ようやく信じてもらえたかと、僕が胸をなで下ろしたところで、しかし、不意打ちのように、

「隠館さん」

と、彼女は続けた。

まだ何か、今日子さんの中で、僕への疑惑が残っているのかと、さすがに心がへし折れそうになったが、しかし、そうではなかった——僕への真偽確認は宣言通りにもう終わっていて、今日子さんは、こう言ったのだ。

「隠館さんって、なんとなく言いづらいので、これからは厄介さんって呼んでもいいですか？」

4

今日子さんには今日しかなく、昨日までの記憶はたったひとつの例外もなく消えてなくなる――けれど、消えるのは記憶であって、体験したという事実そのものまでが、消えてなくなるわけじゃあない。

むろん、これまでの長い付き合いを、頭では覚えてなくとも身体が覚えていて、それゆえに、ここで僕を『厄介さん』と呼んだ――などとそんな風に、エモーショナルに考えるのは、いささかご都合主義というか、希望的観測が過ぎるというものだろう。

現実的には、『かくしだてさん』という字の並びが『やくすけさん』に比べて語呂《ごろ》が悪いとか、微妙に発音しづらいとか、その程度の理由だろうし――七文字と六文字で、呼びかけるときに一文字分、時間の省略になるからという、『最速』ゆえの理由かもしれない――、それに、『今日』はたまたまそういう気分になったというだけで（骨折部位を撫で回してハイな気分になったというだけかもしれない）、次の機会にはまた、きっとリセットされて、『隠館さん』に戻っていることだろう。

これは、その程度のエピソードだ。

その程度のエピソードに、僕がすっかり心揺らされているのに、当の今日子さんと来

たらまったく構うことなく、とりあえず許可は得られたと判断したのか、

「厄介さん、お電話いただきました際に、概《おおむ》ねの事情はお聞きしましたが、改めてまとめさせていただきます」

と、話を前へ前へと進めるのだった。

最速の探偵は立ち止まらない。

「厄介さんがお受けになりました素敵な……、もとい、重篤《じゅうとく》な被害に関しましてはさておくとしまして、このたび、私が調査させていただきますのはあくまでも、とある女子中学生が、自殺を敢行《かんこう》した理由――なのですよね？」

「は、はい。そうです」

「女子中学生が遺した遺書の内容が、依頼人にとってははなはだ不都合な内容であるため、その真偽を確認したい。そういうことになりますね？」

「……はい。その通りです」

その通りではあるのだが、しかし、そういう言いかたをされると、なんだか僕や紺藤さんが、女子中学生が遺した不都合な内容の遺書を隠蔽しようと画策しているみたいで、後ろめたい気分にとらわれる。

いや、実際、そうと取られても仕方がないのだ――本人の直筆の遺書があるのだから、それ以上を求めると言うか、それ以外の『真相』を求めようとするのは、責任逃れ

と言われる、恥ずべき行為かもしれない。

「責任、ですか」

今日子さんは、意味深に微笑《ほほえ》みを浮かべる。

意味深に、そして思慮深く。

「その女の子が当該漫画の影響で身投げしたのだとしても、私は漫画家先生に、責任があるとは思いませんけどねえ」

「え」

「いえ、失礼しました。今のは個人的な考えです。私は探偵ですからね、法律に基《もと》づいてものを考えるというだけのことです——仮に、読者が漫画の影響で自殺したとして、作者を罪に問えるとするなら、罪状は自殺教唆《きょうさ》ということになるのでしょうが、恐らく、公判を維持するのは不可能だと思われます」

「…………」

今日子さんは『考え』と言ったけれど……、これは、『意見』と言ってもいいくらいに、固まったスタイルなのだろうと、僕は思った。少なくとも僕が抱いた『感想』とは、様相を異にする。

そう言ってくれると、ひょっとすると紺藤さんは救われるのかもしれないが、やっぱり僕としては、そこまで割り切れるものじゃあない。

法的責任は問えなくとも、道義的責任となると、またそれは別問題だろうし、そもそも、今日子さんが言ったような、法律で割り切ろうとする行為自体が、感情的な反発を招きかねない。

「あはは。それを言うなら、道義的責任という言葉も、相当怪しいですけれどね――まあ、私が『忘れている』だけで、案外、そんな法律も、今日《こんにち》では成立しているのかもしれませんが。焚書《ふんしょ》も禁書も、歴史的にまあることですし」

どの道、表現の自由の問題を解決するのは、今日しかない忘却探偵の手には余ります、と、肩を竦めて、今日子さんは逸れかけた話題を戻した。

「私に解決できるのは、せいぜい、今回の事件くらいのものですよ」

もちろん、こちらとすればそれで十分だった――表現を規制する法律や、表現を規制する風潮について、ここで議論を戦わす意味はない。

まあ、とは言え、表現の自由の問題については、たぶん今日の午後に、その点においての一番の当事者である皐本先生と、今日子さんは話すことになるだろうが……。

その際、あまり刺激的なことを、今日子さんが言わなければいいのだがと、今から心配になった――物腰はこの通りおだやかでありながら『どうせ明日になれば忘れてしまうのだから』とでも思っているのか、案外今日子さんは、対話や議論において、遠慮会釈をしないところがある。

引退するとまで思い詰めている皁本先生に、そのスタンスで臨《のぞ》むことが、必ずしも望ましいとは、僕には思えない……。

責任を感じている人に対して、そんな責任はそもそもないのだと、全否定するようなことを言うと、その『無理解』に、より頑《かたく》なにしてしまう可能性がある——果たしてどうなることやら。

「一応、承諾しておいていただきたいのですが、私が今回おこなわせていただく仕事は、あくまでも調査ですから、たとえその結果が、依頼人の紺藤さんにとって思わしくないものだったとしても、報告をねじ曲げるようなことは致しません。その点だけは、なにとぞご了承ください」

「あ、はい。それはもちろん承知してます。調査結果の捏造《ねつぞう》をお願いするようなつもりはありません」

それを業務の一部だと嘯《うそぶ》く探偵もいるけれど（彼は捏造探偵と呼ばれている）、今日子さんがそういうことを絶対にしない探偵であることは、よくよく知っている——それに、誰よりも紺藤さんが、そんな卑劣《ひれつ》なおこないを望むまい。

編集部として、出版社として、どういう対応をするかは違う問題だが、もしも女子中学生が自殺に及んだ原因が、かつて発表した作品にあったのだとすれば、その事実から目を背けまい——あの人はそういう人だ。

だから――目を向けるべきは、彼の感じている違和感なのだ。

しっくり来ない――しっくり来過ぎる。

どこか作為的な――

紺藤さんの言葉を思い出してみても、僕には、彼の言わんとすることは見当もつかないけれど、今日子さんへの依頼内容は、事件の真相を調査することであると同時に、やはり、その調査を通じて、紺藤さんの感じている違和感の正体を突き止めて欲しい、ということになるのかもしれない。

「あ、それでしたらもう、おおよその察しはついていますよ？」

すると、今日子さんはあっさりと、そんなことを言うのだった。

「はあ、そうですか、ついてますか……って、え？」

あまりに自然な流れで言われたので、危うく聞き流すところだった。

え？　今、何て？

「さ、察しはついているって……どういう意味ですか？」

「そりゃあ、察しはついているという意味ですけれど。予習しているうちに、紺藤さんの仰っていることはわかりました。ええ、その点については、私も大いに賛同します――この事件には強い違和感があります。それを感じ取れるだなんて、さすがプロの編集者は、感性が豊かでいらっしゃるんですねえ」

「…………」

　それを言うなら、プロの探偵の感性もまた豊かだった——よもや今日子さんが、本人に会う前から既に、紺藤さんの感じた違和感の正体を、突き止めていようとは。

　予習で授業が終わってしまっているじゃないか——最速の探偵の本領が発揮され過ぎている。

「そ、その違和感は、はっきりと言葉にできるものなんですか？　感覚的なものじゃなく……」

「違和感ですから感覚的なものではありますけれど、はっきりと言葉にはできますよ。ある程度なら、論理的に説明できると思います」

　紺藤さんでさえ、はっきりと明文化できずにいる違和感を、論理的に説明できるというのか——にわかには信じられない。

「うーん、どうでしょうね。紺藤さんのお人柄については存じ上げませんが、たぶん、本当はわかってらっしゃるんだと思いますよ。『言葉にできない』のではなく、『言葉にしづらい』のではないかと、推察します」

「……？　はあ……」

『言葉にできない』と『言葉にしづらい』のニュアンスの違いが、よくわからないが……、もしも紺藤さんが、違和感の正体に、本当は気付いているのだとしたら、そもそも今日子さんに依頼がいかないと思うのだけれど？

……ちなみに、紺藤さんの人柄を知らないと言った今日子さんだが、むろん、何度となく会っている——忘れているだけである。

「教えてください。なんなんですか、その違和感って」

「その質問に答えると、午前と午後で、同じ推理を二度開示する羽目になりますので、どうか午後にまとめさせてください」

今日子さんは笑顔で、ぴしゃりとつれなかった。

スピードを重視する探偵にとって、同じ推理を二度話すという時間の無駄は、『羽目』と表現するくらいに耐えられないことらしい。

午後に、紺藤さんや阜本先生と話すときにまとめるというのは、方法としては理に適《かな》っているけれど、だとしたら、やっぱり僕のギプスを触っている時間が限りなく無駄だったのでは……。

「まあ、折角ですので、厄介さんも推理なさってみたらいかがでしょうか。厄介さんのお手持ちの情報だけでも、ある程度の推測は成り立ちますから」

「わ、わかりました……がんばってみます」

がんばってどうにかなることだとは思えないけれど、そんな風に言われたら、そう受けざるを得ない。

「ただし、違和感の正体を突き止めただけでは、探偵として、私はとても仕事をしたとは言えません。なので、依頼内容の整理も終わりましたところで、そろそろ動くとしましょうかね、厄介さん」

「え？　動くって……」

「私、ベッド・ディテクティヴという柄ではありませんので。行動派なんです――お話は、歩きながらでもできるでしょう？」

ベッド・ディテクティヴだと、僕が探偵役になってしまう――と言うか、今日子さんが、行動派の探偵であることは、よく知っている。どころか、目を離したらどこに行ってしまうかわからないくらい、とにかくじっとしていない人である。

足を骨折している人間に対して、お話は歩きながらでもできるでしょうというのは結構厳しめの発言だが、そこはまあ看過するとして――ただ、作創社に向かうのは、さすがにまだ早いのでは？

紺藤さんとの待ち合わせ時刻は、午後の一時だ――まだ十一時にもなっていない。病院から作創社まで、どんな多く見積もっても、三十分もかからないだろう――途中で昼食を食べるとしても、それでも出発するには焦り過ぎの時間帯だ。

だったら、移動中に忙《せわ》しなく話すよりは、この病室で腰を据《す》えてもう少し細部を詰めたほうがいいのではないだろうか――いかに最速を求めるとしても、それが最速ならぬ拙速《せっそく》になってしまえば意味がない。

そんなことは今日子さんが、一番よく自覚しているはずなのだけれど。

「いえいえ、直接作創社に向かうのではありませんよ――その前に現場検証です。厄介さんが幸運にも……、じゃなかった、不運にも骨折なさった場所。つまり、女子中学生、逆瀬坂《さかせざか》雅歌《まさか》ちゃんが身投げをした雑居ビルです」

「…………！」

一般には公開されていない、未成年である女子中学生の氏名を把握していることは、言っていた予習の成果というよりは、探偵の通常の調査能力だとして――現場検証という発想はなかった。

一人の子供が、未遂とは言え自殺に及んだのだから、そりゃあ大変な事件ではあるのだが、いわゆる推理小説でいうところの事件性はないのだから、普通に考えれば、現場検証の必要などない――ただ、今日子さんは、そうは考えていないようだった。

僕にはその必要性がわからないけれど、しかし、同じ推理を二度話す手間さえ惜しんだ今日子さんが行こうとするのだから、きっと、それだけの意味があるのだろう。

道案内を頼まれたなら、断る理由はない。

「しかし、今日子さん。作創社に行く前に、その……、女子中学生が飛び降りた現場に立ち寄るとなると、時間的には相当ぎりぎりになってしまいますよ。なにせ、まるっきりの逆方向になりますから――」

「あら、そんなこと」

今日子さんはこともなげに言った。

「昼食を抜けばいいだけじゃないですか」

第三章

案内する隠館厄介

1

あくまでも時間の節約を徹底するならば、移動に際しては、タクシーを活用するのが最適手なのだろうが、しかし忘却探偵の今日子さんは基本的に、調査活動中にタクシーに乗ることを、あまり好まない――録音・録画をおこなう車内カメラがあるからだ。

守秘義務を厳守し、翌日になれば、すべてをすっからかんに忘れることを旨とする今日子さんにしてみれば、仕事中の動線がはっきりと記録に残ることを、できる限り避けたいのだろう――まあ、車内カメラまでを避けるのはやや神経過敏のようにも思えるけれど、しかし滅多《めった》にメモも取らないくらいに『忘却』を板につけている今日子さんなのだから、それくらいの配慮は、して当然の部類なのかもしれない。

できることなら、足の骨を折っている案内役にも配慮をしてもらいたいところだけれど、そんなわけで、事件現場には、電車で移動することになった。

退院してもいいとさえ言われているくらいだから、主治医から外出許可は簡単に下りたが、困ったのは、僕の身長に合うサイズの松葉杖《づえ》がなかったことだ――いや、あるにはあったのだが、型落ちの古い松葉杖で、右腕もまた骨折している身では、どうにも扱いに難があった。

まあ、使えないというほどじゃあないから、ここはこれで我慢するしかないか……と、諦めかけていると、

「ご安心ください。私が案内役に配慮ができない探偵だと思ったら大間違いです」

と、ベッドから降りた僕の右半身に、今日子さんが寄り添ってきた――自分の身体を松葉杖代わりにしてくれるつもりらしい。

「わ、うわ」

「遠慮なさらず、どっしり体重を預けてください。これでも結構、タフな身体をしているのです」

確かにこれならかなり楽に歩けそうだけれど、今日子さんにこんな献身的なことをしてもらうわけには……、と、固辞しようとした僕だったが、しかし、右足と右腕のギプスを、体重を支えるようにしつつ、さりげなく触れている今日子さんに気付いて、そんな気はなくなった。

電車で移動することにしたのも、ただ単に、骨折部位に触れるための口実なのではと、うがった見方もしたくなるが、その点を問いつめている場合ではない。

と言うか、あまり深入りしたくない部分だった。

「では、道案内、お願いします」

「はい……ここからなら現場まで、電車で三駅になります。駅まではこのまま歩くしかありませんが」

「望むところです」

望まれても……。

かなり身体を密着させて歩くことになるので、道中注目を浴びると言うか、かなり気恥ずかしいものがあるけれど、今日子さんはまったく気にする様子はない。

その点、無防備と言うか……、僕のギプスを見れば、今日子さんが僕を甲斐甲斐しく介護しているようにも見えるだろうが……まあ、少なくとも、骨折に憧れる女性の企てに見えなければ、それでよかろう。

「道案内と言えば――女子中学生が遺書に書いたという、皐本先生の読切作品も、そんなタイトルでしたね」

「え？　そうでしたっけ？」

言っていた通り、移動しながらの会話である。

距離が近過ぎて、と言うか密着したゼロ距離なので、どぎまぎしてしまって、自分がちゃんと喋《しゃべ》れているかどうか、自信がない。

しかし、僕の記憶が確かならば、皐本先生の読切は、そんなタイトルではなかったはずだが？

とは言え、忘却探偵の記憶力は、リセットされるまでの一日以内であれば、僕など比べものにならないくらいに正確無比である。

『予習』の成果ならば、間違いはないのだろう……、『女子中学生』と、調べがついている投身した少女の名前を、再び伏せ始めたのは、個室から外に出たからだろう。

どこで誰が聞いているかわからない——これは過ぎた用心とは言えまい。

事件の当事者である僕を、つけ回している報道機関がないとも限らないのだ——そうでなくとも、ことあるごとに事件に巻き込まれる冤罪体質の僕は、公安にマークされているという噂《うわさ》もある。

……噂が本当だったら、総白髪の女性と寄り添いながら病院から出てきた僕を、彼らはどう見ているのか、気が気でないけれど。

「でも、確か……、紺藤さんから聞いたのは、チチェとか、ローネとか、そんなタイトルだったような……」

「それであっていますよ。『チチェローネ』。イタリア語で、『案内役』という意味です——作中では、死出の旅の案内人といったようなニュアンスで使用されていました」

なんだ、そういうことか。

どういう意味なのかわからないと思っていたが——ひょっとすると造語なのかもしれないと思っていたが——、そんなしっかりとした具体的な意味のタイトルだったわけだ。

自殺を過度に美化するような描写のある漫画だと、紺藤さんは言っていた——今日子さんは『予習』で、もうその読切を読んだのだろうか。

そう訊くと、

「ええ。皐本先生の作品は、一通り。そんな大変な数でもありませんでしたので」

と、今日子さんは言うのだった。

相変わらず、本を読む速度が尋常じゃない……紺藤さんの話を聞く限り、皐本先生のキャリアは決して短くはないはずだから、それなりの数だったと思うのだが。

「……感想は、如何《いかが》でしたか？」

「はい？」

「あ、いえ、ですから、該当作品を、実際に読んでみて……どんな作品でした？」

はっきりものを言うのを避けようとしたら、趣旨が曖昧《あいまい》な質問になってしまった——本当は、読んだら自殺したくなるような内容だったかどうかを聞こうとしたのだが、なんだかとても悪趣味な質問に思えて、はばかられてしまったのだ。

ただ、探偵である今日子さんには、皆まで言う必要はなかった——彼女は少し思案するようにして、「そうですねえ」と言う。

「まあ、『チチェローネ』について語るのは、やはり午後を待つことにしましょう――厄介さんが読む前に私の感想を聞かせてしまって、不要な先入観を与えてもよくないですし」

「は、はあ」

別段、僕はその読切を読む予定はなかったのだが……、だが、関係者として、このまま読まずに済ませるつもりだというのも、不誠実な話かもしれない。

作創社を訪ねたときに、紺藤さんに読ませてもらうべきか……、僕は今日子さんほどの読巧者《よみごうしゃ》ではないけれど、読切作品だと言うなら、さすがに五分もかかるまい。

じゃあこの話も保留か、と思っていると、

「たとえば、夢野久作《ゆめのきゅうさく》先生の『ドグラ・マグラ』は、『読めば発狂する』というような売り文句で発表されましたね」

と、今日子さんは続けた。

雑談――というわけではないのだろう。

時間を惜しんでの行動中において、推理小説談義に花を咲かせようというほど、ペダンティックな趣味はあるまい。

しかし、僕もさすがに『ドグラ・マグラ』ならば読んでいるけれど、そんなキャッチコピーがついていたとは知らなかった。

「……でも、まさか、実際に発狂した読者がいるわけじゃあ、ないですよね？」

「はい。少なくとも、そんな公式発表はありません」

この場合の今日子さんの記憶もまたあてになる──『ドグラ・マグラ』くらい昔の本にまつわるエピソードなら、今日子さんの記憶が積み重ならなくなる以前の知識なのだから。

「私も発狂していませんしね」

ギプスをなで回しながら言われても、その点、説得力には著《いちじる》しく欠けるのだが……、まあ、僕のほうも、少なくとも僕の知る限り、読んだことで発狂したとは思えない。

「ただし、あれだけの名作を読んで、人生に何の影響も受けていないとなると、いささか感受性に問題があると言わざるを得ません」

今日子さんは、そこは断定的に言った。

しかし、『言わざるを得ない』とまで言うと言葉が強いと言うか、若干、ファンとしての視点が入っているような気もする。

正直に言えば、僕には難し過ぎて、『ドグラ・マグラ』はよくわからなかった部分もあるのだ……今読んだら、また感想も違うのだろうが。

駅に到着したので、切符を買う。

タクシーに乗らないのと同じ理屈で、今日子さんは、仕事中はＩＣカードを使用しないのだ——履歴が残るから、である。

なので少し時間がかかるが、それくらいなら、最速の探偵ならばすぐに取り戻せる誤差の範囲内なのだろう。

とは言え、僕達がホームに到着するのに合わせるように、電車が到着してくれたのは幸運だった——現場検証をしていて、結果、紺藤さんとの待ち合わせに遅れるなんていう展開は、できれば避けたいものである。

「どうぞ、お座りください」

と、今日子さんがようやく、僕を解放してくれた——解放されると解放されるで、残念な気持ちになるのだから、僕も勝手なものだ。

まあ、やはり二ヵ所の骨折を抱える身での移動は思ったよりも消耗《しょうもう》したので、座れるのはありがたい——今日子さんも、やはり巨人の松葉杖になるのは決して楽ではなかったのだろう、僕の隣に座って、ぐっと伸びをしていた。

そして、

「ふう……」

と言って、目を閉じる。

ことになる。

僕の半身を支えていたせいで疲労している彼女に、そんなことを言うのは心苦しかったけれど、ここは心を鬼にしなければならない――ここでうたた寝をされては、大変なことになる。

一日ごとに記憶がリセットされる忘却探偵。

翌朝になれば、昨夜までの体験を忘れてしまう特異体質――それをより正確に言うなら、『寝て起きたら』記憶がリセットされるという意味であり、それはうたた寝だろうと午睡だろうと、例外とはならないのである。

今、電車の揺れに合わせて、一瞬でも寝落ちされてしまえば、僕の依頼も、事件についての予習内容も――予習段階で既に気付いたという紺藤さんが抱いた違和感の正体も、まとめて健忘の彼方である。

忘却探偵として、一番あってはならない展開だけれど、しかし一番ありがちな、警戒しなくてはならない展開でもある……。

「大丈夫です。昨日はたっぷり寝ていますから」

そう言いつつも、今日子さんは座席から立ち上がった――座っていたら寝てしまうかもしれないと、危惧したのかもしれない。

そもそも、就寝時刻は記憶に残っていないはずなので、今日子さんが昨夜『たっぷり寝た』かどうかは、定かではなかろう……、睡眠時間なんてのは体感的なもので、十時間寝てもまだ眠いこともあれば、一時間の仮眠で、眠気が一気に覚めることもある——ひょっとすると、昨日受注した依頼の解決編が、深夜にまで及んでいたという可能性もある。

その辺りの調整が利かないのが、忘却探偵の泣きどころか……眠気というのは、コントロールできるものではないゆえに。

「勧善懲悪《かんぜんちょうあく》の物語を書こうとすれば、必然的に、善だけでなく悪も描くことになるでしょう——善を強力に描こうとすれば、それに匹敵するほどに、悪を強力に描く必要が生じます。その部分に感化される読者が、いないとは限りません」

いきなり、途絶えていた話題を再開されたのでうろたえてしまったけれど、話をしていれば寝ることもあるまいと、

「いわゆる良書が……、推薦図書のような本が、決していい影響だけを、読者に与えるわけではないという意味でしょうか」

と、僕は応じる。

「そうですね。悪をまったく描かない物語というのも、それはそれで悪影響が想定できます。うっかり、児童向けの柔らかい恋愛小説の名作を読んで、男の子はみんな、優しくて格好よくて紳士でレディーファーストで王子様なんだと思ったまま社交界にデビュ

ーしたら、大変なことになるでしょう？　現実とのギャップに、食い物にされますよ」

仮定の話にしては、変な実感がこもっていて、リアリティがあった――もしも今日子さんが忘却探偵になる以前の、十代の頃の挿話なのだとしたら、貴重なものを聞いてしまったという感じだ。

食い物にされたことがあるのだろうか……。

「その辺り、子育てと言いますか、教育の難しさでもあるでしょうね。子供は大人の思うようには育ってくれません」

「まあ……そう……ですね」

推薦図書なんて例にあげたけれど、小学生の頃の僕は、親や先生から勧められた本なんて、まず読まなかったものだ。

むしろ、大人が眉をひそめるような漫画やアニメなんかを、好んで見ていたように思う――推理小説を読んでは、『人殺しの本なんて読んで』と嫌みを言われたものだが（今から思うと、それが冤罪体質の温床《おんしょう》になってしまったのかもしれない）、むしろ僕のほうは、どうして大人は、こんな面白い物語を遠ざけようとするのだろうと、不思議だったものだ。

誰しもみんな、一度は子供だったはずなのに、どうして子供の心がわからないのだろうと、そんなことを思っていた。

「あはは。それはまあ、誰しもみんな、一度は子供だったからこそなんでしょうけどね」

「？　今日子さん、それはどういう意味ですか？」

「いやいや、誰しもみんな、だいたい子供の頃って、ろくでもないわけじゃないですか。純粋と言えば聞こえはいいですけれど、愚《おろ》かで思慮の足りない子供時代を、みんな一度は経験しているから、悪い本を規制しなきゃいけないって思うんじゃないですかね」

「…………」

身もふたもないと言うか、笑顔混じりに朗《ほが》らかに言っているけれど、かなり強めのスパイスがきいた指摘だな……、まあ確かに、自分の子供時代を思い出せば、それは違うとは言えない。

誰にも言えないだろう。

「人生は親の真似から始まりますが、親としては子供には、自分と同じ失敗をして欲しくないと、そんな風に思うのかも——その気持ちを頭ごなしに否定するのも、無体《むたい》な話です」

「む、無体ですか」

意外な発言だった。

ここまでの話の流れから、てっきり今日子さんは、フィクションの物語を悪者にするような論調には反対なのかと思っていたけれど——どうやらそう一面的でもないらしい。

それを裏打ちするように、今日子さんは、

「皐本先生の作品がどうだったかという各論は先送りするとして、総論として、読者を自殺に導きかねないような書籍は『ある』と思います——自決や心中を巧《たく》みな技術で、『格好良く』『美しく』描写することで、読者の価値観を揺さぶる物語は、確実な事実として存在するでしょう」

と言う。

「執筆した作者自身が、小説の内容に感化されて、自ら死を選んだとしか思えないようなケースも、世界中で散見されることですしね。その辺り、文学の力は侮《あなど》れません。でも、もしもその点において、作者の責任を追及するのなら、せめて読者の5パーセント以上が自殺したというような、有意差のある統計が必要とされるでしょうね」

読者の数が多ければ、当然、その内に反社会的な行為に走る者がいる確率も増える——ある犯罪小説が、ある犯罪者の本棚に並んでいたとして、その本が持ち主を犯罪に走らせたのか、それとも、反社会的な犯罪者ですら虜《とりこ》にするほど魅力ある小説だったのかを、正しく観測することは難しい。

今日子さんが言っているのは、そういう仮定の話ではなく、もっと実際的なデータの話なんだろうけれども。

「確かに、サッカー漫画を読んだからって、全員がサッカー選手になれるわけじゃありませんもんね……」

「ええ。恋愛色の強い少女漫画を読んでも、誰もがいい恋をできるとは限らないように」

少女漫画で描かれる恋に対する情念が強いな……、本当に、どんな十代を送っていたのだろう、今日子さんは。

「もちろん」

と、彼女は更に続けた。

「探偵小説を読んだからと言って、誰もが名探偵になれるとは限りません」

確かに。

それは推理小説を読んで犯人になるよりも、ずっと難しい結果だろう。

2

急遽《きゅうきょ》、今日子さんの要望によって、隙間時間を活用しておこなうことになった現場検証だったが、だったら完全な私用になってしまうけれども、その機会を使って、ついでに済ませてしまいたい用事が僕にはあった。

いや、『ついで』という言いかたは不適切だし、そもそも僕としても不本意だ——本来は、ことのついでに済ませるような用事ではない。

ただ、最速の探偵でない僕であっても、できることなら、それは一日でも早く、決着をつけてしまわねばならない、マストのトゥドゥだった。

すなわち、退職の手続きである。

女子中学生が屋上から飛び降りた、七階建ての雑居ビルというのは、実は僕の職場でもあるのだった——その一階に、古書店『真相堂《しんそうどう》』は入っていたのである。

推理小説専門の、昔ながらの古本屋。

八畳くらいの店面積に、所狭しと古書を詰め込んだ、店主が一人でいとなむ、いわゆる個人経営の古本屋で、僕は短期間ながら、働いていたのだった。

この職場から、仕事を終えて家に帰ろうとしたまさにそのときに、僕の頭上から、女子中学生が落ちてきたのである。

就職しては、職場トラブルの冤罪をかけられ、そのたびに探偵を呼んでは冤罪を晴らしてもらうものの、結局居づらくなってクビになる——そんな不毛なローテーションを繰り返している僕には、事実上職業選択の自由はないと言うべきなのだけれど、『真相堂』に関しては、かなり積極的で選択的な、就職活動をおこなった。

紺藤さんに言わせれば『両天秤』なのかもしれないけれども、しかし、『推理小説専門の古本屋』というところがポイントだった。

自分の体験した不可思議で不可解なトラブルを、最近は備忘録として、文章化している僕としては、ミステリーへの造詣《ぞうけい》を、もっと深めたいという欲求があったのだ――今をときめく大ヒット作はもちろん、現在では入手困難なミステリーを、もっと勉強したい。言うなら、趣味と実益を兼ねた就職を目論んだわけで、とても珍しいことに、そんな机上《きじょう》の空論が実現したのだった。

古書店に限らず、本を扱う職場というのは、ある種の肉体労働の側面も帯《お》びるので(紙は重い)、僕の大きな身体が、この場合、有利に働いたのかもしれない――脚立《きゃたつ》を使うまでもなく、天井近くの本にもひょいと手が届く身長が、店主にありがたがられたというのはあるだろう。

僕の熱意が届いたとするよりは、そっちのほうが現実的な解釈だ――そして、だとすれば、それはイコールで、腕と足、両方を骨折した僕では、もう店の役には立てないということだった。

もちろん、雇用契約が成立している以上、食い下がれば、骨折していようとメディアから疑いの目を向けられていようと、僕を解職することはできないのだが、そんなことをするつもりはなかった――好きで就職した職場に、迷惑をかけたくない。

店の真ん前で死にかけただけでも相当迷惑をかけているわけだし、また、僕がいわれのない疑惑の目を向けられているピークの頃にも、マスコミの取材に一切応じなかった店主の態度には、誠意をもって応えたかった。

と言うわけで、病院から電車で三駅先に位置する雑居ビルに到着したところで、今日子さんと別行動を取ることになった――今日子さんには、先に屋上に向かってもらって、僕は古書店『真相堂』に立ち寄るわけだ。

「一人で歩けますか？」

と、今日子さんは心配してくれたが、退職の挨拶《あいさつ》に、今日子さんに支えられながら参るというのは、いささかまずかろう――『推理小説専門の古本屋』という響きに、今日子さんは興味をそそられたようでもあったが。

「では、屋上で合流しましょう」

と、今日子さんはビルに這入《はい》っていった――エレベーターのない古いビルなので、屋上まではかなりの体力を使うだろうが、まあ、僕の巨体を支え続ける体力がある今日子さんだ、七階分の階段くらい、ものともすまい。

殊勝なことを言いつつも、嫌なことはさっさと済ませてしまいたいと手前勝手な気持ちもあって、僕は僕で、ビルを回り込んで、古書店『真相堂』へと向かった。

あんな事件が間近であったのだから、ひょっとしたら閉店しているかもしれないと思っていたが、どうやら通常営業のようだった。まあ、事件の当日くらいは、警察が現場の歩道を封鎖していたかもしれないけれど、人通りのある道だし、いつまでも通行止めにはしていられないか。

ならば屋上に向かった今日子さんも、立ち往生はしていないだろう――と思いつつ、僕は自動ドアではない引き戸を開け、『真相堂』の店内に這入った。

やはり通常営業のようで、カウンターの向こうのレジの前で、店主は僕が働いていたときと同じように、気難しそうな顔で、商品である古本のページをめくっていた。

退職の手続きは粛々《しゆくしゆく》と終わった――僕に非があるわけではないとは言え、現実的に店にかけてしまった迷惑について、文句のひとつも言われる覚悟はしていたのだが、その点は肩透かしだった。

その代わり、もしかしたら引き留めてもらえるんじゃないかという淡い期待も、やっぱり肩透かしに終わった。

長く勤めていたわけでもないし、そんなものか――エプロンやら傘やらは後日返しに来ますと挨拶をして、僕は骨折した足を引きずるようにしながら、長居は無用と店を出る――店名を伏せられてとは言え報道に乗ることで、一時的に売り上げが伸びたとも言ってくれたので、その点は少し気が楽になった。

気難しい店主からの、優しい嘘というよりは不器用な嘘だったのかもしれないけれど。

「うちは推理小説専門の古本屋だからよ——あんな事件は、むしろありがたいってもんだ」

そういう考えかたもあるのか。

不謹慎には違いないのだろうが、その商魂の逞《たくま》しさは、頼もしくもあった——推理小説という文化を、これからもそんな風に守り続けて欲しいものだと、心から思った。

3

と言うわけで、またしてもめでたく無職となった僕が、折れた足で不自由しながら階段を上って屋上に到着すると、今日子さんが柵を乗り越えようとしているところに遭遇した——スカートで柵をまたごうとしていたので、はしたないことこの上ない。

と言うより、単純に危なかった。

「きょっ……! きょう……」

思わず、呼びかけてしまいそうになったところで、慌てて自分の口をふさぐ僕——そんな場面に声をかけて、驚かせてしまえば、本当に落下してしまう恐れがある。

驚いたのは僕のほうなのだが。

何はなくとも駆け寄って、後ろから今日子さんを、無理矢理の力ずくで、柵のこちら側に抱き寄せたいところだったけれど、しかし、僕は片足を骨折しているので駆け寄れないし、片腕を骨折しているので抱き寄せられないのだった。

ついさっき退職してきたことも相俟《あいま》って、すさまじい無力感にかられる――していると、柵を乗り越え終えた今日子さんがこちらを振り向いて、

「あ、厄介さん。お疲れさまでした」

と、暢気《のんき》に、ねぎらうようなことを言う。

欲しいのはねぎらいではなく説明なのだが。

「首尾は如何でした？　無事に退職することができましたか？」

「あ、はい。そこは滞《とどこお》りなく……」

変な会話である。

退職に、無事も滞りもないだろう――いや、あるのか。

仕事というのは、辞めたいから辞められるというものではない――それは実体験としてよく知っている。

そういう意味では、今回はまだ、円満退職ができたほうなのだ――満身創痍《まんしんそうい》ではあるけれど、少なくとも雇い主と揉《も》めることはなかった。そう説明してから、

「で、今日子さん。何をなさっているんですか」

今にも飛び降りようとしている自殺志願者を説得する刑事の気分を味わいつつ、僕は言う――今日子さんは柵の向こうに普通に立っているのだけれど、足場は、彼女の足のサイズと、ほぼほぼ同じである。

ちょっとバランスを崩せば――そうでなくとも強い風が吹けば、それで落下しかねない。

そうなると、件の女子中学生の、後追いみたいな扱いになるだろう――またしても現場に立ち会った僕は、今度の今度こそ、公的機関が正式に動くレベルの疑いをかけられるかもしれない。

名探偵を殺した犯人として目《もく》されるという、およそ最悪の未来予想図に僕がとらわれていると、

「後追い――ですか。それもまた、物語性からの影響と言えますよね」

と、今日子さんは、僕の心配もよそに、そんな的外《まとはず》れなことを言った。

いや、的外れじゃあないのか？

「でも、そうなると人間なんて、どんな理由でだって、死にたがるものなのかもしれませんね」

「し……死にたがる？」

「自殺欲、とでも言いましょうか。『死にたい』っていう欲求は、大人も子供も、誰しも持っているものでしょう」

「………………」

そうですね、とは言えないが、ただ、心理学用語にも、タナトスという言葉があった――自己破壊の本能という意味だが、これを自殺欲と訳すことも可能だろう。

希死念慮。

人は何の、どんなきっかけで、死んでしまうかわからない危うさがある――当然、その衝動が、内ではなく外に向かうこともあるだろう。

死刑になりたいという動機で凶悪犯罪に手を染める犯人の衝動を、『わけがわからない』で切り捨てることは、だとすると、できないのかもしれなかった――それは、うんざりするほど、『よくあること』なのだから。

ただ、冷静になってみれば、今日子さんは、柵を乗り越えるにあたって、ブーツを脱いでいなかった――そこだけとっても（当たり前だが）、靴を揃えて飛び降りた女子中学生の後追いをするつもりなんてないことは、明白である。

つまり、その暴挙は、探偵活動の一環なのだろう――後追いではなく、トレースなのだ。実際に、女子中学生が立ったのと同じ場所に立ってみることで、何かわかるのではないか――と言う、今日子さんの、いつもの『ものは試し』である。

とは言え、見ていて危なっかしいことには違いない——僕はほっとしつつも、今日子さんを刺激しないように、ゆっくりとした歩調で（片足を骨折しているので、意識しなくとも、自然にゆっくりとはなってしまうが）、彼女のほうへと近付いていく。

「何か、僕がいない間に、新しく判明したことはありますか？」

漠然と、そう訊いてみると、今日子さんは頬に手を当てて、「うーん」と思案顔をする——可愛《かわい》らしい仕草だが、できれば手は、常に柵を持っていて欲しい。

「今のところ、発見と言えるほどのことはありませんけれど……、強いて言えば、ひとつ、はっきりしたことがあります——それは、逆瀬坂雅歌ちゃんが、本当に死ぬつもりだったということですね」

「……どういう意味です？」

屋上には他に誰もいないからか、再び、今日子さんは、女子中学生の名前を出した——『ちゃん』付けが妙に生々しく、事件が小説やドラマではなく、現実の出来事なのだと、改めて痛感する。

逆瀬坂雅歌。

十二歳の少女。

遺書を遺して、飛び降りた子供。

『女子中学生』という記号めいた言いかたではまとめきれない人間性が、そこにある。

「いえ、ここに立ってみたらわかるんですけれど、七階建てのビルって、すっごく高いんですよ。ここから落ちたら、足から落ちたとしても、まず助かりません」

そんなことは、そこに立たなくてもわかることのような気がするが……。

「自殺欲を代償的に解消するための、狂言自殺という線は、まずなかろうということです。これは結構、重要な情報かもしれません」

「そうですか……」

なにが重要なのか腑《ふ》に落ちないなりに、とりあえず頷く僕——変に突っ込んだことを訊いて、それが今日子さんが足を踏み外すきっかけになったら大変だ。

議論が盛り上がってしまってはならない。

こうなると本当に、自殺を止めようとしている刑事だが。

「ただ、今日子さん。落ちたら助からないとは言っても、実際には、彼女……逆瀬坂ちゃんは、助かったんですよね？」

「ええ。でもそれは、たまたま厄介さんが、落下点を歩いていたからですよ」

「最初から、誰かをクッションにするつもりで飛び降りた狂言自殺だったという線は、ありませんか？　助かることを前提でおこなった自殺行為……」

「ないでしょうねえ。だって、アスファルトよりは柔らかくとも、人間はトランポリンじゃないんですから。たとえ誰かがクッションになっても、助からない公算のほうが大きいですよ。実際、逆瀬坂ちゃんは、今でも、『助かった』とは言えない危篤状態なのでしょう?」

そうだった。推理小説読みの癖で、つい、論理をもてあそんでしまったが——僕も彼女も、落命しなかったのは、本当にただの奇跡でしかないのだ。

僕の身長が、もう少し低かったらと思うと——いや、僕がこんな巨体じゃなかったなら、古書店『真相堂』で働けていなかったかもしれないわけで、そうなると、帰り道でそんな災難に見舞われることもなかったわけだが。

そうなると、奇跡と言うよりは、すべてが巡り合わせでもあるのだろう。

巡り合わせであり、堂々巡りだ。

「クッションとして機能しそうな、身体の大きい通行人を目掛けて飛び降りたという可能性も、わずかながらありますが——でも、これ、真下を見下ろす視点ですからね」

と、今日子さんは、その狭い足場で器用にくるりと反転して、再び、歩道を見下ろすようにした。

「七階分の高さもありますし、通行人の身長を観測することはできないでしょう——それに、厄介さんって、身長はお高いですけど、筋肉質ですからねえ」

クッションとしては、ベストなチョイスとは言えません——なんて、今日子さんは、後ろ手に柵を持って、更にビルから、身を乗り出すようにした。ようやく柵を持ってくれたのは嬉しいけれど、組体操じゃないんだから、そんな四十五度の角度を作らないで欲しい。

「私だったら、もっと恰幅《かっぷく》のよいかたを、クッションに選ぶでしょう。それでも助からず、どちらも死んじゃうでしょうけれどね」

「はあ……」

こちらから振った仮説が広がった先とは言え、すごく酷い可能性を考えているな……、考えること、それが探偵としての業務ではあるのだが。

「もっとも、十二歳の逆瀬坂雅歌ちゃんには、そこまで思考が及ばなかったというケースは、あるでしょうが。人をクッションにすれば助かると思い込んで——クッションになったほうがどんなことになるか想像もせずに、遊びの気分で飛んでしまったのかも」

それだと、あまりに愚か、筆舌《ひつぜつ》に尽くしがたいほどに愚かということになるだろうけれど、ただ、そういうことが、絶対にないとは言えまい。

それこそ、推理小説ばかり読んでいると勘違いしてしまいそうになるけれど、実際の事件や実在の人間は、そこまで深いものでも、そこまで計画的なものでもないのだ。

僕の経験した無数の事件も、大半は、文字に起こすまでもない『やっちゃった』感の失敗談ばかりである。

ただし、今日子さんのその口調からすると、あまりそのケースを考えてはいないようだった――念のために一応言及しておいた、というようなニュアンスが強い。

どうしてだろう？

そもそも、狂言自殺のつもりだったという可能性を考えもしなかった僕が言うのもなんだが、それを否定する要素は、今のところ、ないように思えるが。

むしろ、自殺を賛美する漫画を読んで、感化された子供が、『自殺ごっこ』をしようとして、そして失敗した、しかも通行人（僕）を巻き添えに失敗した、なんてストーリーには、その愚かしさも含めて、そこそこの説得力があるようにも思えるが。

「いえ、ここから見るとわかりやすいんですけれど、近くに、もう少し高さの低い、六階建てとか五階建てとかのビルがあるんですよ。もしも助かるつもりだったのなら、そっちから飛び降りるでしょう」

そういうことか。

もちろん、すべてのビルの屋上が開放されているわけではないだろうが、狂言自殺ならば、確かに、より低めのビルを選びたくなるのが人情だろう――狂言自殺ではないと考える、別の強い根拠にはなる。

柵を乗り越えて初めて、それが見える景色だと言うのなら、今日子さんの現場検証には、やった価値があったというものだろう――できれば、柵を乗り越えるのは、僕が追いついてきてからにして欲しかった。

スピード最優先の探偵には、『人を待つ』なんて発想はまったくないのかもしれないけれど……。

「じゃ、いい時間ですし、そろそろ参りましょうか」

と、今日子さんは角度をつけていた姿勢を戻して、再び柵を乗り越え、こちら側に戻ってこようとする。

まあ、ずっとあのまま、身を乗り出していたら、落ちはしなかったとしても、さすがに通行人から発見されて大騒ぎになっていたかもしれなかったので、戻ってきてくれるのはありがたい――ただ、柵を乗り越えようとする仕草が、特に不安定で、見ていてははらはらした。

しかし、下手に手を貸すと、それが事故に繋がりかねないので、見ているしかない。

やはり、スカートでするような動作じゃないのだが――と、そこでさすがに今日子さんは、柵をまたごうとする足を止めて、

「厄介さん。ちょっと向こうを向いていていただけますか？」

と言ってきた。からげていたスカートの裾《すそ》を、ぐいっと引っ張って、元に戻しながら。

「す、すいません」

「いえいえ」

見ているしかない、でもなかった。

今日子さんが笑ってくれているうちに、僕は慌てて彼女に背を向ける——ただ、なにぶん、狼狽《ろうばい》してしまったので、一瞬、反転するのが遅れてしまった。

だから——見えてしまった。

下着が、ではなく。

柵に半ばかかっていた、今日子さんの右足の内太股辺り——僕で言えば、今ちょうど、ギプスが施されている部分に、マジックペンで書かれていた文字が、ぎりぎりで視界に入ってしまった。

そこには今日子さんの筆跡で、こう記《しる》されていたのである。

『自殺じゃなかったとしたら？』

と。

4

忘却探偵として、記録や痕跡《こんせき》を残すことを、神経質なまでに回避しようとする今日子さんにとっての、唯一例外的な備忘録が、自らの肉体である。

彼女はメモ帳として、自分の身体を使うのだ。

そのメモ帳に、最低限、忘れてはならないことを記すことで、記憶の同一性を保っている——そうでなければ、それこそうっかり、電車で居眠りをしてしまったときなど、起きた瞬間、前後不覚に陥《おちい》ってしまうだろう。

だから、今日だって彼女は、身体のどこかに——腹部なのか、腕なのか——こんなようなことが書いてあるはずなのだ。

『私は掟上今日子。探偵。記憶が一日ごとにリセットされる。』

それを見て、彼女は自分を認識するのである。

忘却探偵を眠らせて、推理の内容を忘れさせてしまおうとする犯人側からの『攻撃』に対する、防御策とも言える——だから、時には己のプロフィールだけではなく、事件に関する、それとはわからない程度のヒントも、書き残したりもする。

今回の場合は、今日子さんを眠らそうという敵対勢力は存在しないはずだが、僕を支え続けた疲れで、電車の中で眠気を感じたとき、同時に『調査中に記憶を失うこともあるかもしれない』と危機感も感じた今日子さんは、念のために、今回の事件に関する、今のところの見識を、足に書いておくことにしたのだろう。

僕と別行動を取っている最中に……、マジックペンは、たぶん、雑居ビルの階段を上る途中、出会った誰かに借りたのか。目を離せば何をしているかわからないすばしっこさは、まさしく最速の探偵だった。

してきたという予習を、うたた寝で忘れられては立ちゆかなくなるというような、僕が抱いたような不安への対策は、本人はとっくに打っていたというわけだ——それ自体は心強く思うし、またさすが今日子さんだとも思うのだが、しかし、その文面が、僕にとっては不可思議だった。

『自殺じゃなかったとしたら？』

端的過ぎて、意味不明だ。

もちろん、意味不明でなければならないのである——忘却探偵として、『事件簿』はもちろん、受注した依頼の具体的な記録を、手《て》ずから残すのはタブーなのだから。

暗号とは言わないまでも、備忘録は、発想のきっかけとなるキーワード程度にとどめておかなければならないのだ。

だから、今日子さんではない僕から見て、文章の意味がわからなくても当たり前なのだけれど——それにしても『自殺じゃなかったとしたら？』とは。

意味はわからなくとも、推測はできる。

当然それは、身投げした女子中学生、逆瀬坂ちゃんについての記述なのだろう——自殺じゃなかったとしたら？

自殺じゃないなら、事故……否。

靴が揃えてあって、遺書が遺っているのだ。

事故と考えるのは無理がある。

この場合、狂言自殺の失敗という線も、事故ではなく、広義の自殺に含まれると考えるべきだろう——となると、どういうことだ？

まさか、今日子さんは——この事件を。

い、い、い、い、い、い、い、い、い、い、い、い、い、い、い、
この事件を、子供の自殺ではなく、第三者による殺人だと考えているのだろうか？

殺人事件——でも、この屋上に、少女の靴は揃えられていて、遺書も彼女の直筆で……、後ろを向いたまま、混乱する頭で、僕は考えをまとめようとする。

違う、靴を揃えるなんてのは、他の人間でもできることだ。じゃあ直筆の遺書は？内容は把握していないけれど、なんにせよ、本人が書いているのだから……待てよ、本人に書かせることは、できるのか？　脅迫するなり、うまく騙《だま》すなり……、相手が子供なら、それもできなくはないことのように思えてくる。

だとすると、皐本先生の漫画に影響されて飛び降りたのだというストーリーラインは、見せかけのものだという公算が高くなる。

作為的で——出来過ぎ。

紺藤さんはそう言っていた。

それが、あの人が感じたという違和感の正体なのか？

「お待たせしました」

僕が思考の渦《うず》にはまってしまっているうちに、無事に柵を乗り越えたらしい今日子さんが、背後から僕に寄り添っていた——再び、松葉杖になってくれるらしい。

「さ。またここから道案内、お願いしますね」

「は、はい」

訊けない。

本当は、『自殺じゃなかったとしたら?』の意味を訊きたいし、もしも殺人事件なのだとしたら、容疑者の当てはついているのかを訊くべきなのだが、しかし、僕には訊けない——それを訊けば、先ほどあなたのスカートの中身が見えましたと、そう告白しているようなものなのだから。

問うに落ちず語るに落ちるどころか、訊くに落ちている。

だから、今日子さんが自ら語るときまで、僕にはあのメモの意図を探ることはできないのだった——ただ。

最速の探偵の思考が、僕よりもずっと、遥かに先を行っていることは確かだった——

こうして隣同士に寄り添っていても、両者の間には、はてしなく遠い距離がある。

第四章

拝聴する隠館厄介

1

『子供達のために』という大義名分が通りやすい理由は、おおむね今日子さんが言った辺りに、正解のひとつがあるのだとは思う——異論反論も、考えればすぐにそれっぽいものが思いつきそうでもあるし、その気持ちは、失敗を経験した大人からの、純粋無垢《むく》な幼さに対する嫉妬《しっと》の裏返しでもあるのだろうから、一概に否定はできないにしても、一概に肯定もできまいが。

表現の自由という、あるべき権利が絡むとより複雑化してしまうので、たとえば単純に、『漫画を読み過ぎると成績が落ちる』という、親がよく言うステロタイプな文言について掘り下げてみれば、これは決して、正しくはない。真実を突いてはいない。

もちろん、漫画ばかり読んでいたら成績は落ちる。これは当たり前のことだ——だけどそれは、漫画が悪いわけでもない。たとえ漫画を読ませるのをやめても、成績が上がったりはしない。その一歩先——漫画を読んでいた時間を勉強に当てなければ、成績は一生あがらない。

ゲームだろうと、スポーツだろうと、その意味では同じだ——勉強以外の行為は、基本的に全部勉強の妨げになる。

逆に言えば、勉強ばかりしていたら、遊びが不得意になる——成績ばかりに捕られて、コミュニケーション能力を育むことに失敗し、最終的に犯罪に走ってしまったエリートの話なんて、枚挙に暇がない。

勉強ばかりしていたら勉強が得意になるように、たぶん、漫画ばかり読んでいたら、『漫画が得意』になるのだろう——そうして彼らは、いずれ漫画家になるのだと思う。

2

問題の漫画『チチェローネ』の作者、皐本舜先生は、こう言ってはなんだが、抱いていたイメージと、ずいぶんと違う人だった。

今回の件でショックを受け、引退まで考えていると言うから、線が細いと言うか、繊細というか、ともすると、神経質なタイプのかたなんじゃないかと勝手に想像していたが、作創社の会議室で対面した彼は、僕なんかよりもずっとしっかりした風な、がっしりとした体格の男性だった。

繊細どころか、豪快という第一印象である。

　里井先生のことを思い出すと、漫画家は自由業なので、服装にそんなにこだわらないものだという先入観があったけれど、僕や今日子さんという、初対面の人間に会うからなのか、スマートカジュアルなファッションだった——豊かな髭《ひげ》も、伸ばしているというよりは、ダンディに整えているという感じだ。

「初めまして。漫画家の皐本舜です」

　と、そう挨拶されても、その声もかなり野太いし、見た目、相当押しの強そうな人に見えるので、僕なんかは気圧《けお》されてしまう——まあ、人を見た目で判断することがよしとされるなら、身長百九十センチを越える僕のほうが、よっぽど威圧感があるのだろうが。

「初めまして。忘却探偵の掟上今日子です」

　今日子さんは、僕と違ってまったく怖じずに、にこにこと名刺を差し出しつつ、深々と総白髪を垂れる——そして、皐本先生の隣に立つ紺藤さんにもまた、

「初めまして。忘却探偵の掟上今日子です」

　と、同じ自己紹介をする。

「このたびはお呼びいただき、ありがとうございます。全力を尽くさせていただきますので、なにとぞよろしくお願いします」

初対面の挨拶としては満点だが、皐本先生とはともかく、今日子さんが紺藤さんと会うのは、これで四度目だ――もちろん、そこは心得たもので、紺藤さんは、

「初めまして。編集長の紺藤文房《ふみふさ》です。こちらこそ、よろしくお願いします」

と、そつのない挨拶を返すのだった――そして全員が、会議室中央の、長机を囲むように着席する。

道案内役と言われ、また、仲介者でもあるとは言え、考えてみたら、今日子さんと紺藤さんを引き合わせたところで、僕の役割は両方とも終わっているのだから、僕がこの会合面談に同席する必要は、実のところないのだが――どころか、部外者として、ここは気を使って出て行くのが正当なのかもしれなかったが、僕としたことが（僕らしくも、と言うべきか）うっかりタイミングを逸《いっ》してしまった。

社外秘ではないにしても、相当込み入った話になるだろうから、皐本先生としては、何者かわからない巨人には、空気を読んで席を外して欲しいと思っているのでは……、と、なんだか申し訳ない気分にもなるけれど、しかしまあ、二ヵ所に及ぶ僕の骨折は、今回の事件に絡むものなので、僕もまるっきりの部外者というわけでもないのか。見様によっては、間接的には、僕もまた、皐本先生の漫画からの被害を受けたということになりかねないわけで――だとしたら、万が一にもそんな気まずい方向に話が転がっていかないよう、気をつけておかないと。

紺藤さんとしては、阜本先生に引退宣言を撤回してもらいたいはずだから、せめて僕がここにいることが、不要なプレッシャーにならないようにしたい——案外、紺藤さんの思いは逆で、プレッシャーをかけるために、彼は僕の同席を許しているのかもしれないけれど。

それくらいの政治力はある人だ。でないと、この若さで編集長職までは駆け上れまい。

単に、僕が今日子さんに支えられるように来社してきたことを面白がっているだけという可能性もあるが……、そんな風に、僕が色々と考えているうちに、紺藤さんの部下で、阜本先生の直接の担当である取村《とりむら》さんが、お茶を持って現れた——それぞれの前に湯飲みが並べられ、彼女も着席したところで、今日子さんが、

「で、ご依頼の件ですが——紺藤さんが抱いたという違和感の正体について、まずはお話ししたいと思います」

と、いきなり本題に入る。

最速の探偵である。

とは言え、午前中から、その件を散々もったいぶられている僕にとっては、ようやくという感もあり、満を持してでもあったので、いきなり始まる名探偵の解決編をさあ拝聴しようと構えたが、

「ちょっと待ってください」

と、皐本先生が、それを妨害した——名探偵の演説を妨害するなど、推理小説ではあってはならない暴挙だが、一番の当事者である彼としては、自分を蚊帳《かや》の外に、そうさくさく話を進められてもたまらないのだろう。

聴衆の一人ではいられない。

「紺藤さんが、なんと言ったか知りませんが……、俺は、もういいと思ってるんですよ」

「？『もういい』とは？」

と、今日子さんが、謎解きを邪魔されながらも、気を悪くした様子もなく、そう問い返す——とぼけているようでもある。

今日子さんは今日子さんで、わざと、と言うか、ちゃっかりと、長引きかねない皐本先生とのやり取りを飛ばそうとしていたのかもしれない。

「だから——投げやりに聞こえるかもしれませんが、どうせもう引退するんだから、探偵さんに働いてもらう必要はない、と言いたいんです」

「皐本先生……その話はまだ」

紺藤さんが、窘めるように何かを言いかけたが、皐本先生はそれも遮るように「紺藤さんには、それに、取村さんにも、申し訳ないとは思っています。ご迷惑をおかけしたとも」と、早口でまくし立てた。

「でも、俺は責任を取らなくちゃいけないと思うんですよ。俺の描いた漫画を読んだ読者が、自殺したんだ——とても平気ではいられません。のうのうと、これからも漫画を描き続けるなんて、とてもできない」

「…………」

一時の感情でものを言っているわけではなさそうだった——むしろ、強い決意を感じる。それは、僕のような人間には、一番欠けているものなので、もとより発言権などないにしても、何も言えなくなる。

ただ、どうしてだろう。

責任をとらなくちゃいけないと言いつつも、そのスタンスはどこか無責任なようにも思えたし、漫画を描き続けることはできないという口調には、苦渋の決断であることには違いないにせよ、それでいっそ楽になったという雰囲気も感じられた。

「お世話になった編集部の、顔を立てる意味で、今日はここに来ましたけれど……、どうか、わかってください。俺はもう、漫画は——」

「皐本先生」

と、今度は今日子さんが、皐本先生の台詞を遮った——こうなると、主導権の取り合いである。

怪訝《けげん》そうに今日子さんのほうを向いた皐本先生に、彼女は、「連載中の『ベリーウェル』、最新話まで読ませていただきました。最高ですね」と、屈託《くったく》のない笑顔で言った。「作品全体を貫くテーマが素晴らしいと思います。少年漫画という媒体で、将来に向けての諦念《ていねん》を描いてらっしゃるのは挑戦でしょうし、そしてその挑戦は成功していると感じました。内容もさることながら、そんな作者の姿勢こそに、心を打たれます。子供を対象にしながら、大人も楽しめるファンタジーですね」

「そ、それはどうも……ありがとうございます」

不意討ちのように作品批評をされ、しかもそれが、手放しの絶賛とも言える評価なので、戸惑いながらも照れくさそうに、頭を下げる皐本先生。

予習が生きている……。

今日子さんの感想を、どこまで鵜呑みにしていいものかは不明である——里井先生のときもそうだったが、客商売をいとなむ探偵として、今日子さんにだって、お世辞を言うくらいの世間知はある。

記憶が積み重ならない割には、意外と世間ずれしていると言うのか……、ただまあ、あからさまな嘘をつく意味はないだろうから、好意的な感想を持ったことは本当なのだろう。

結局、寄り道の現場検証が響いて、作創社への到着は待ち合わせ時間ぎりぎりになったため、僕は皐本先生の作品には、一切触れる機会がないまま、同席しているのだが——才能のある、これからブレイクが期待される漫画家だという紺藤さんの皐本先生に対する評価は、決して大袈裟《おおげさ》ではないようだ。

だからこそ紺藤さんは手を尽くして——探偵まで雇って——、彼の引退宣言を撤回させようとしているのだろう。

「あの漫画の続きが読めないなんて、とても残念です。きっと子供達はがっかりするでしょうね。ショックを受けた読者の中から、間違いなく自殺者が出るでしょう」

褒め上げるときの穏やかな口調のままで、今日子さんがさらりと、とんでもないことを言った——『子供達は』の部分に込められた悪意の濃さに、僕はぎょっとする。

一番ぎょっとしたのは、皐本先生だろうが。

「その場合は、どう責任を取るおつもりですか？」

「そ、それは……」

素朴を装って投げかけられた意地悪極まるその問いに、皐本先生は、助けを求めるように紺藤さんのほうを見た。

『なんだこの人は』と言いたいのだろう。

その質問に答えるなら、忘却探偵である——明日には忘れるんだからと、誰とでも揉められる人だ。

「まあ、間違いなくということはないでしょうがね」

苦笑しながら、紺藤さんは言った。

今日子さんに依頼するのが初めてではない紺藤さんにとっては、このくらいの衝突は、想定内だったのかもしれない――むしろ、この忌憚のない空気をこそ、望んでいたのかも。

だとしたら、僕が思っていた以上に、懐《ふところ》の広い人だ。

「ただ、皐本先生の引退を、読者がすんなり受け入れてくれないだろうことは確かです。私としては、先生にはご自身の影響力というものを、考えていただきたいですね」

「……影響力を考えればこそ、です」

皐本先生は、取り直して、言った。

「恥ずかしながら、今まで俺は、そんなことを考えもせず、漫画を描いてきました。もっと早く、考えるべきだったんですよ。考えなきゃいけなかったんです。俺自身、漫画が好きで、漫画ばかり読んで来て、それで漫画家になったって言うのに、漫画が読者に与える影響の大きさに対して、まったく無自覚だった――これは猛省すべきことです」

真剣な口調でそう語られると、それは違うとは言いにくい――実際、目を背けてはならない創作行為の一面ではあるのだ。

「野球をやってて、デッドボールを頭に受ける危険性って、ありますよね」

と、横合いから今日子さん。

皁本先生の『猛省』を、今度は無視する形だ。

「健全なる肉体に健全なる魂は宿るからと言って柔道を習えば、試合中の事故で命を落とす危険性があります——夜遅くまで塾に通えば、夜道でクルマにひかれるリスクは増大するでしょう。子供達が死亡するリスクは、そこかしこに点在していますよ。何も、漫画に限った話じゃありません」

「……だから、割り切って、諦めろと言うんですか？　自分の漫画を読んだ十二歳の子供が、感化されてビルから飛び降りても、知らぬ顔の半兵衛《はんべえ》を決め込むべきだと仰る？」

さすがに腹に据えかねたのか、長机に身を乗り出すようにして、皁本先生がすごむように、今日子さんにそう迫る——僕だったら、そんな圧力をかけられたら恐れをなしてしまうところだが、当然、今日子さんはどこ吹く風で、

「私は創作者ではありませんから、その問題に対する正しい答なんて持っていませんけれど、もしも私が皁本先生の立場だったら、知らない振りはしません」

と、静かに応じる。

「ちゃんと知って、そしてその体験を、次回作に生かすでしょう」

「………」

　皐本先生は、あっけに取られたように、乗り出した身を、元に戻した——紺藤さんも、さすがにこの発言は、想定外だったらしく、ぽかんとしている。部外者としても言い過ぎだし、さすがに僕も賛同しかねる暴論だ——そもそも今日子さん自身、そんな台詞をどこまで本気で言っているのかはわからなかった。

　あえて極論を提示することで、議論を無理矢理終わらせてしまった感もある——しかしながら、少なくともこれで忘却探偵は、場を制することには成功したのだった。

「ですから皐本先生。もういいなんて仰らずに、私の話を是非聞いていただきたいと思います——聞いて、ちゃんと知ってください。では、改めまして、紺藤さん」

　と、主導権を握った今日子さんは、そう言って紺藤さんに向かう。

「女子中学生が遺したという遺書の、具体的な内容を教えていただいても構いませんか？」

3

　これは自殺のための自殺だ
　愛する死のための死だ
　飛ぶことで人は天使になる

どうか悲しまないで
私の完成を祝ってください

この死を私のチチェローネ
皐本舜先生に捧ぐ

4

紺藤さんが警察関係者から見せられたという女子中学生の遺書はコピーで、それを更に複製することも、写真に撮ることも許されなかった。

だから、この文面は、紺藤さんの記憶に依《よ》っているし、直筆だったというその遺書の、筆跡までが再現されているわけではない——ただし、忘却探偵ならぬ、敏腕編集者の紺藤さんの記憶力は、およそ信用できる。

ちなみに、遺書の筆跡は、公平に判断して悪筆だったし、最後に添えられていたというキャラクターのイラストは、かなり拙《つたな》いものだったそうだ。

まあ、女子だから字が綺麗だと言うのは、偏見だろう——子供の字が悪筆なのは、普通のこととも言える。

それよりも問題なのは、はっきりと『チチェローネ』や『皐本舜先生』という記述があることだった——解釈によっては違う風にも読みとれるのでは、というような望みは、持てそうもない。

「文面も、ほぼほぼ、読切からの引用ですねえ——最初の五行詩なんて、まんまです」

と、今日子さんは、何らかの含みを込めて、頷くように言う。

「正直、これだと、件の女子中学生が、どういう人柄だったのかが、まったく読み取れませんね——個性が感じられません」

紺藤さんはともかく、皐本先生の前で露骨に、身投げした女子中学生の名前を出すべきではないと思っているのか、今日子さんは名前を伏せたままで、そんな感想を述べた——名前を伏せることで、より、少女の個性が消えているようにも思える。

「そんなことはどうでもいいじゃありませんか——大事なのは、一人の女の子が、俺の漫画の真似をして、天使になろうとしたということですよ」

自虐的《じぎやくてき》に、皐本先生は言った。

今日子さんが与えたショックから、まだ抜け切れていないのか、その声に力はないが、それでも、主張は変わらなかったようだ。

「天使に、ですか」

「ええ。……探偵さんが先ほど仰ったことは、立派です。クリエーターとは、確かにそうあるべきなのかもしれない——だけど、俺はそんなんじゃない。絵を描くのが得意で、漫画が好きだったから、漫画家になったってだけです——そんな強い人格を期待されても困りますし、高い志を求められても、そんなものは、俺の中にはまったくないんです」

俺は深い考えもなく、好きなことをやってるだけだったんですよ——と、今日子さんの意味深な頷きには反応せず、皐本先生は続けた。

今日子さんだけでなく、紺藤さんや取村さんにも、彼は言っているようだった。

「ほら、時の政権が、コミック表現を目の敵にして、規制をかけようとするたびに、名のある先生がたが表現の自由を守るために、声をあげるじゃないですか——規制されると表現が萎縮《いしゆく》してしまって、漫画文化が衰退する、とか。だけど、あの人達ほど立派な志を、漫画家が全員持っているとは、俺は思わない。少なくとも、俺は面白いと思うから漫画家をやっているわけで、人様に迷惑をかけたり、人様から怒られたり、嫌われたりしながらも、表現を続けようなんて根気はないんですよ。文化なんて、そんな大層なことをしているつもりはない。面白いからやっていることなら、面白くなくなったら、やめるべきだ。……規制がそんなに悪いとも、正直、思えない。表現がもっと自由だった頃の昔の漫画が、今の漫画よりも、必ずしも面白いわけじゃないでしょう。規制のない時代はよかったなんて、おじいちゃんが言う、昔はよかったと、なんら変わらなくないですか？」

漫画家本人からそんなことを言われると、なんとも言えなくなってしまう——個人的には、今の皐本先生こそが、『萎縮してしまって』いる状態なんじゃないかと思うが、自分のそんな反論が、酷く浅いものに感じるのだ。

規制＝悪ではない。

そりゃあ、当たり前だ。

たとえば、この一週間、マスコミから犯人扱いされていた僕だが、もしもこれが一昔前の、規制の緩い時代のワイドショーだったなら、僕が受ける被害はこんなものでは済まなかっただろう——大袈裟でなく、自殺に追い込まれていたかもしれない。

見せ物としては、疑わしきを罰し、被害者遺族を晒《さら》し者にしていた頃のニュースのほうが面白おかしかったのかもしれないけれど、それが報道の、あるべき正しい姿だったとは思えない。

まあ、これは僕が冤罪体質だから、被害妄想も込めてそう感じることだし、報道の自由と表現の自由は、厳密には同じ理屈で語れないものなのだろうが……。

ただ、クリエーターとジャーナリストの、『志』には、語るべき共通点も多かろう。

「厳しく規制されることで、新たな表現が生まれるというのも、また真理ではあるでしょうねえ——法と自由のせめぎ合いは、いたちごっこでもあるのでしょう。表現の自由という権利を、利権と取り違えるミスを犯してもなんですしね……、ただし、昔の漫画よりも今の漫画のほうが面白く感じるのは、それは後出しの有利さというのがあると推測できますが」

ただ、今日子さんは軽く肩を竦めただけだった——感情移入とかしないのだろうか、この人は。

「ご安心ください。クリエーターに人柄なんて、受け手は望んでいません。あなたがどんな人間であっても、どんな動機で物語を綴《つづ》っていようとも、作品が面白ければ、それでいいんです。人柄に文句を言われるのは、作品に文句を言われるよりは、ぜんぜんマシです」

「………………」

「ま、皐本先生が引退なさるかどうかは、後ほどそちらで話し合っていただくとして——そろそろ私に仕事をさせてもらってもよろしいでしょうか？」

皐本先生は、不承不承《ふしょうぶしょう》、頷いた——まあ、ここはそれこそ、今日子さんがどんな人間であろうとも、探偵でありさえすれば、それでいいという場面だ。

もしもその、如何《いかん》ともしがたい遺書の内容を、違う意味に読み解けるというのであれば、皐本先生が引退する理由もなくなるわけだから。

「紺藤さん。その遺書の内容に違和感があるから、当事務所にご依頼いただいたということでしたが――その違和感の正体を、申し上げてもよろしいでしょうか？」

今度はちゃんと、許可を取ろうとする今日子さん――もちろん、紺藤さんは「お願いします」と、頷く。

重要な会談ではあるが、今日子さんにしても紺藤さんにしても、あまり時間をかけ過ぎるわけにはいかないのだ――二人から話を聞いた上で、今日子さんは更に、調査に動かなければならないかもしれないのだから。

タイムリミットは午後十時。

残りは約九時間である。

「結論から言えば、遺書を遺して飛び降りた件の女子中学生が……」

言い掛けて、今日子さんは、「長くて言いづらいので、ここから先は、若干、省略しますね」と、一瞬、思案する。

僕を『隠館さん』から『厄介さん』と言い換えたように、言いやすく、短く言い換えるつもりらしい――確かに、名前を伏せるにしても、いちいち『遺書を遺して飛び降りた件の女子中学生』では、タイムリミットがあるというのに、時間をとり過ぎる。

「遺少女《いしようじよ》――いえ、遺言少女《ゆいごんしようじよ》」

と。

今日子さんは、逆瀬坂雅歌の代名詞を創作した――かなり言いやすい。

なんという語呂のよさだ。

ただ、名付けられてしまったことで、妙な個性が生まれてしまったことも確かだった
——名前はあくまでも名前でしかないので、そこに変な思い入れをしないように、気をつけなければ。

僕がそんなことを考えていると、

「遺言少女が飛び降りた動機に、皐本先生の読切作品『チチェローネ』は無関係です」

今日子さんはそう断定した。

事実をありのままに口にしたという言いかたで、『と思います』とか『と考えられます』とか、総当たり主義で網羅推理の今日子さんにしては珍しく、他に考察の余地を残す但《ただ》し書きはつかなかった——まさしく断定である。

「い……、いい加減なことを言うのはやめてください、掟上さん。慰めのつもりかもしれませんが……」

その決めつけのような言葉に、皐本先生はむしろ、焦ったように立ち上がって、そうわめいた——口先だけの気休めなんて聞きたくないと言いたげな、怒りさえ感じる、頑なな態度だった。

確かに、遺言少女の遺書の内容を聞かされた上で開示するには、あまりに破天荒過ぎる推理である。

「根拠は、あるんですか？」

と、紺藤さんが、皐本先生に座るように促しながら、今日子さんに尋ねた――紺藤さんにとっては、今日子さんの出した結論は、我が意を得たりの望ましい内容のはずだったが、安易にそれに飛びついたりはしない辺り、慎重である。

「たとえ根拠がなくとも、私なら、遺書の内容を鵜呑みにしたりはしないでしょうね――教えていただいたような内容の遺書を見たとしたら、まず、二通りの場合分けをするでしょう。①遺書の内容は真実である。②遺書の内容は誤りである」

遅ればせながらの総当たり主義――今日子さんの場合分けが始まった。

①遺書の内容は真実である――②遺書の内容は誤りである？

誤り？

「……掟上さん、①は、そりゃあわかりますけれど、②の、誤りというのはどういうことですか？」

「ですから、遺書の内容で『皐本舜先生に捧ぐ』と書いているからと言って、本当に捧げているとは限らないということですよ」

「え……？　ど、どういう意味です？」

意味は、この場合明白だったが、どうも紺藤さんにはまったくない視点だったようだ――その辺り、純粋である。

幼少期より、何かと疑われ続け、すっかりいじけた性格に育っている僕には、しかし、今日子さんの言うことは、これに限っては、比較的わかりやすかった。

「だって、そんな遺書、ほとんど作品の文章を丸写ししているだけなんですから、思ってなくても書けるでしょう？」

「か、書けます――が」

そうだ、この場合、文才や思想は必要ない。

書き写すくらいは誰にでもできる――自殺願望なんてまったくない僕にだって、書くことだけならできるだろう。皐本先生と初対面でも、作品をひとコマも読んでいなくても、『皐本舜先生に捧ぐ』と書くだけなら、そりゃあ書ける。

「つまり――遺書の内容は、彼女……、遺言少女のついた嘘だと言うのですか？」

「それには、さらなる場合分けが必要になります。つまり『②遺書の内容は誤りである』には、更に二つのパターンがあります。A・遺言少女はそう思い込んでいる。B・遺言少女は嘘をついている」

「思い込んでいる……？　と、言うのは？」

「本当は違う理由で自殺に及んだのに、本人はそう思い込んでいるというケースです」

「それは、①と大差ないようにも思いますけれど……」

「いえ、ぜんぜん違いますよ。被害者が犯人だと思い込んでいる人が、必ずしも犯人だとは限らないでしょう？　殺された人が遺したダイイングメッセージが、いつも真実を示しているとは限りません」

推理小説でたとえられても、皐本先生にはいまいちぴんと来なかったようで、彼は首を傾《かし》げている。

それを見て、説明が足りないと思ったのか、

「ほら、いじめたほうにそのつもりがなくとも、いじめられたほうがいじめられたと思えば、それはいじめなんだって言うじゃないですか。これは正しいものの見方ですが、しかし性格の悪いことを言わせてもらえれば、同時に、一定の危うさもはらみますよね。被害者の申告を無条件かつ無制限に受け入れる制度は、ともすると冤罪の温床になりかねません」

と、今日子さんは付け足した。

冤罪体質としては身につまされる話である。

今回のケースで言えば、今も病院で、生死の境をさまよっている十二歳の少女が遺した遺書の内容を、ちょっとでも疑うなんてもっての外《ほか》だと、僕でさえもいくらかそう思ってしまうところもあるけれど――ただでさえ傷ついている少女に、そんな疑いをかけて更に傷つけるのか――、しかし考えてみれば、彼女が死にかけていることと、遺書の内容の真偽とは、まったく関係ない。

間違えることもあるし——嘘をつくこともある。

「ですから、まずは彼女が遺した遺書の内容について、審議を尽くすべきなんです。真偽についての審議を」

「……Aのケースは、まあ、わかりました」

と、皐本先生が、探るように言う。

その様子は、考えもしなかった恐るべき真相に辿《たど》り着くことに、怯《おび》えているようでもあった。

「その女の子は、自分では俺の漫画の真似をしていると思っているけれど、無意識下では他の理由、真の理由があるかもしれない……、みたいな意味ですよね？」

「んー……」

今日子さんは曖昧に微笑んだ。

たぶん、ちょっと違うのだろう——ただ、誤差の範囲だと聞き流すことにしたようで、スムーズな進行のためにか、あえてここでは何も言わない。

皐本先生はそれには気付かず、「なんだか、それこそいじめで、『自殺の原因がいじめかどうかは断定できない』と釈明する学校側の意見みたいで、釈然とはしませんが……」と前置きをしてから、

「でも、Bのケースって、なんなんですか？　俺にはそっちのほうが、よくわからな

い」

と、問いかけた。

「遺言少女は嘘をついているって……、遺書で嘘をつく意味なんて、あるんですか？」

好きなことをやりたかったというだけで漫画家になった——面白いから漫画を描いているのであって、面白くなくなったらやめるべき——なんて言ってしまえるだけあって、皐本先生も皐本先生で、ある意味、純粋なようだった。

考えはそこまで及ばなくとも、いったん提示されてしまえば、僕のような人間には、それもまた、わかりやすい場合分けなのだが。

「はい。もちろん、意味があります——その意味もまた、二通りに分類できます」

「ま、また二通りですか」

「本当は二十通りくらいにわけられるのを、単純化して二通りと言っているのです」

と、今日子さんは本気とも冗談ともつかないことを言ってから、

「α《アルファ》・遺言少女は皐本先生に悪意がある。β《ベータ》・遺言少女は皐本先生に悪意がない」

と続けた——今度はαとβか。

「悪意……、お、俺に？」

「だって、自殺者の遺書に、そんな風に名前が書かれていたら、皐本先生は困るでしょう？　実際、引退するなんて仰っている——参考までに申し上げますと、省略した場合

分けには、作創社への悪意というケースもありました」

その辺はまとめました、という今日子さんに、紺藤さんは静かに口元を押さえる――

今日子さんが言うことの、妥当性を検討しているのだろう。

「嫌がらせ――と言うことですか？　いや、でも、その子は身投げしているんですよ？　命がけで、俺に嫌がらせをしようとしたって？」

「死んでまで嫌がらせをしたかったのか、それとも、死ぬついでに嫌がらせをしようとしたのかは、また別の場合分けが必要でしょうね――」

今日子さんが実際に現場であるビルの屋上に立って、狂言自殺の可能性を考察していた理由が、これでわかった――『自殺ごっこ』について検証していただけではなく、あのとき今日子さんは、嫌がらせのためになされた『自殺の振り』についての検証もしていたのだ。

ただ、その場合分けは、検証の結果、否定されているわけだ……、今日子さんの総当たり推理に慣れているはずの僕も、そろそろ混乱してきたが、こともあろうか今日子さんは、

「悪意がある場合のαには、二つのパターンが考えられます」

と、更なる細分化条項を加える。

「甲・遺言少女は阜本先生に恨みがある。乙・遺言少女は阜本先生に恨みがない」

甲乙と来たか……。

なんだか、先にそっちのパターンが尽きるんじゃないかと不安になってくる。

「恨み……？　皐本先生に？」

紺藤さんが怪訝そうな顔をすると、

「ええ。逆恨みも含みますが」

と、今日子さん。

「つまり、遺言少女は皐本先生に『何か』をされたと思っているから、仕返しのつもりで——当てつけのように、そんな遺書を遺したというケースです」

「はあ……、で、その、『何か』……と言うのは？」

「その先は、無限のパターン分けになります。無限は私にも把握できません。確認させていただければ幸いなんですが、皐本先生、遺言少女と以前からの知り合いだったりしませんよね？」

「し、しませんよ」

突然の問いを、皐本先生は慌てて否定する。

慌てて否定したせいで、やや怪しさの残る否定になってしまっているが——ただ、そんな可能性を疑われれば、やましいところがあろうとなかろうと、誰だって焦るだろう。

「そうですか。では、パターン乙についてだけ、説明すれば事足りますね——乙・遺言少女は皐本先生に恨みはない。要は、皐本先生が有名人だから、悪意の標的にされたというケースです」

有名人だから悪意の標的にされた。

……なんだか、場合分けにつれ回されているうちに、『皐本舜先生に捧ぐ』という遺書の文面とは、真逆の極致みたいな地点にまで辿り着いてしまったという印象だ。

十二歳の子供が、皐本先生の漫画の影響で自殺しようとしたんじゃないという結論は、本来、望ましいもののはずなのに、どころか、より救いのない方向へ、話が転がっているように思える。

「有名人って……、俺なんて、ぜんぜんマイナーな漫画家ですけれど……？」

そう謙遜《けんそん》めいたことを言いつつも、しかし、十二歳の少女から個人的に恨まれていると言われるよりは、そちらの可能性のほうが受け入れやすいのか、皐本先生は強くは否定しなかった。

漫画家としてそれなりのキャリアがあるとなれば、有名人ゆえの有名税を、これまでまったく支払ったことがないわけでもないだろうし。

「ア・遺言少女は皐本先生のファンである。イ・遺言少女は皐本先生のファンではない——個人的な恨みがない場合は、この二通りのパターンが考えられます」

今日子さんは、この上、まだ奥に進もうとする——ア・イとなると、いよいよ試験の選択問題である。

ただ、このパターン分けは、得心しづらい。

そんな悪意をつけておきながら、ファンだなんてパターンが、あるわけがなかろう——と思ったが、これは今までとは逆に、紺藤さんや皁本先生には受け入れやすかったようで、二人は疑問を発しなかった。

ファンゆえの悪意。

漫画業界では、お馴染《なじ》みなのかもしれない。

紺藤さんは難しい顔をして、

「なるほど、悪意がある場合はわかりました——では、掟上さん。悪意がない場合……少し戻っていただいて、パターンβについて、説明していただいても構わないでしょうか？」

と、今日子さんを促した。

これ以上、場合分けの奥々まで、今日子さんが進もうとするのを阻止したとも言える。

「皁本先生に対する悪意もなく、こんなことができますか？　それこそ、ただの嫌がらせじゃないですか」

「目的が違うんですよ。目的と言いますか、標的と言いますか——パターンαは、遺言少女の視線はどうあれ阜本先生に向いていますが、パターンβは、第三者の視線を阜本先生に向けることを狙いとしています」

「…………？」

「自殺を敢行する、真の動機を知られたくないから、偽の動機を用意したということです——阜本先生は、名前を利用されただけです。自分は阜本先生の漫画のせいで死ぬんだと遺書にしたためることで、本当の理由を隠蔽しようと目論んだ」

遺書には、必ずしも本当のことが書いてあるとは限らない——まして本人が、本当のことを書きたくない場合には。

遺言少女は阜本先生に悪意がない——と言うのは、つまるところ、別に他の誰の漫画でもよかった、という意味か。

悪意のあるファンが、阜本先生を陥《おとしい》れようとしたというのが、最悪の可能性だと思っていたが、なんだか、その『別に誰でもよかった』という悪意のなさは、それはそれで、最悪のように思えた——悪意のなさこそが最悪とは、なんともシュールな到達点だ。

「『漫画の影響で自殺した』と言うのは、ある種わかりやすいというか、シンプルなテンプレートと言うか、納得しやすい因果関係と言うか、それ以上の説明を求められにくい、自殺の動機になりえますからね」

確かに——そう聞いたとき、僕なんかは他の可能性を考えもしなかった。自殺未遂の少女が書き残した遺書の内容は、人として疑ってはならないことだという無意識内の気持ちももちろんあっただろうが、『漫画の影響力』というストーリーラインに、よくも悪くも、それなりの説得力があったからというのが、間違いなくある。

それ自体が作られたストーリーである可能性。

悪意ならぬ作為……。

「影響を受けたか受けていないかなんて、完全に内心の問題ですから、その嘘を看破するのは、難しいですよね……」

と、紺藤さんは悩ましげに言う。

自己申告ゆえに、晴らしにくい冤罪——遺言少女を問いつめて本当のことを言ってもらおうにも、彼女は現在重体で、意識不明なわけだ。

考えたくもないが、彼女がこのまま亡くなってしまえば、真相は闇の中となる。

「掟上さん……では、遺言少女の、自殺の本当の動機は、何になるんでしょう？　彼女が、そんな嘘をついてまで隠そうとした真の理由は——」

「現時点では不明ですね」

場合分けの細かさに比べて、とりつく島もない答だったが、それはまあ、そうだろう

——隠そうとしたんだから、隠されているに決まっている。

「家庭内不和、学級問題、友人関係——子供が自殺に至る理由として盛んにあげられるのはそんなところですが、これだって、一般的というか、納得しやすいストーリーラインという気もしますしね」

だいたい、現時点では、すべてが仮説であって、パターンβが正解なのかどうかも不明なのだ——最初の場合分けで、パターン①が正しかったとするなら、今やっている場合分けは、まるっきりの徒労と言うことになる。

なんとなく、パターン②の可能性を広げるところまで広げてみせた今日子さんの話運びのせいで、遺言少女の自殺に皐本先生の作品が無関係であることが前提みたいになっているが、最初に提示されたその『結論』の裏打ちみたいなものは、何も提出されていないのだ。

そこに皐本先生も気付いたのか、

「可能性の話だけをすれば、そりゃあなんとでも言えるでしょうが——探偵さん、やっぱりそれは、慰めでしかありませんよ」

と首を振った。

「そうだったら俺の責任にはならないのに——むしろ俺が被害者なのに。そんな、責任逃れの可能性でしかありません。だって、何の証拠もないんですから」

「でも、皐本先生の責任だとする証拠だって、ありませんよ？」

「ですから、そんな風に考えること自体が、責任逃れなんだって、俺は言っているんです。今のところ確実な事実は、その子が自殺を試みたということ、そして、その子の遺書には俺の名前が書かれていたということだけなんですから」

それは確かに、その通りだった。

オッカムの剃刀《かみそり》でも、ゴルディオスの結び目でもないが、はたから聞いていると、今日子さんは総当たりを通り越して、複雑に考え過ぎている嫌いもある——なんだかんだ言いながら、皐本先生の引退宣言を撤回させるために、論理を弄《もてあそ》んでいるようにも思えた。

ただ、そこは探偵である。病室で僕に、最初に言っていたように、たとえ依頼人の要望に応えるためであっても、恣《し》意的な結果を導き出そうと、事実を偽ったり、ねじ曲げたりはしない——お世辞は言っても、気安めも慰めも言わない。彼女は、

「確実な事実なら、もうひとつあります」

と、指を立てた。あくまでも余裕の態度を崩さずに。

「そしてそれこそが、紺藤さんが感じられたという違和感の正体なんですね」

「……なんですか。もうひとつの確実な事実って」

苛立《いらだ》ったように、皐本先生が問う——我慢の限界というか、その答次第では、もうこ

の会議室から出て行きかねない剣幕だ。

今日子さんの総当たり推理は、論点をずらされているという印象を受けても仕方がないものなので、阜本先生の苛立ちも、もっともと言えばもっともである。のらりくらりとかわされていると、そう感じているのかもしれない。

ただし、今日子さんがそんな彼に提示するのは、その怒りに、油を注《そそ》ぎかねない『確実な事実』だった。

「私が、阜本先生が現在連載中の作品、『ベリーウェル』を絶賛したことを、どうか心に留めおいたままでお聞きくださいね」

と、それこそ謎の前置きをしてから、今日子さんは『確実な事実』を口にする。

該当作品『チチエローネ』も、当然、読ませていただきましたが——と。

「あの読切はそんなに面白くなかったので、読者を自殺に追い込むような影響力は、絶対にありません」

5

そう言えば。

総当たりのはずの場合分けなのに、『遺言少女の自殺ではなかった場合』というパターンは、ついに登場しなかった。

第五章

待機する隠館厄介

若干ぼかした風もある、作品に対する『そんなに面白くない』という言いかたが、この場合は逆に飾り気のないリアリティとなっていて、その上で『絶対にありません』という力強い断定は、他に解釈のしようもないほど、明確な批判だった。

1

確実な事実。

いや、それが紺藤さんが抱いたという違和感の正体なのだと言われてしまうと、実際、それ以上の議論が一切必要ないほどに、ことは明白だった——そして聡《さと》い紺藤さんが、感じた違和感を、うまく言葉にできなかったという理由にもあてがつく。

もちろん編集者なのだから、漫画の面白い面白くないのジャッジをするのは、紺藤さんのなすべき業務なわけだけれども、この状況下で、苦悩する漫画家に対して、『その作品は面白くないから、読者に影響力があるわけがない』とは、言えるはずがないだろう。

より詳しく言うならば、現在連載中で、編集部としても推《お》していこうとしている『ベリーウェル』ではなく、過去の読切作品『チチェローネ』のタイトルが、遺書に含まれていた点に、紺藤さんは作為の気配を感じたのではないだろうか。

昔の作品まで知ってくれているコアなファンと解釈するのが普通ではあるけれど、その事実は、たとえば自殺の口実とするために、自殺をテーマとした漫画を、なんでもいいから選出した――と、そんな風に見ることもできる。

恣意的な選択――ならば、それ以上の作為はなく。

出来過ぎに感じるのは当たり前である。

しかし、そんな違和感を、編集者として、そして組織人として、紺藤さんは口が裂けても、阜本先生には言えなかったのだろう――だが、そこは掟上今日子。

明日には忘れてしまう故に、誰とでも揉められる、率直な女性である――探偵である。

紺藤さんが漠然と抱いた違和感を、ある種、露骨なまでにはっきりと言葉にした今日子さん――この時点で、依頼人から受けた要望は、探偵として達成したとも言える。

とは言え、現時点では、これは中間報告でしかない――今日子さんの探偵活動は、ここから、後半戦へと移行するのだった。

2

「いやー、怒られちゃいましたね」

いったいどういう心境なのか、今日子さんはいっそ朗らかに、どこか楽しそうに、うきうきした感じでそんな風に言った。

「まさかあんなにお怒りになるとは……あはは。なにせ、漫画家の先生ですから。酷評にも謙虚に耳を傾けていただけるかと、淡い期待をしていたのですが」

その期待は、さすがに勝手というものだろう。

なまじ、『ベリーウェル』を、社交辞令込みでも、あそこまで高評価していただけに、落差は激しかった。

むしろ、それを心に留め置いた分だけ、皐本先生の激高は、とどまるところを知らなかった——僕と今日子さんは、会議室から追い出されるような形で、作創社での会合は半ば強制的に終了したのだった。

皐本先生が出ていくどころか、まさかこっちが追い出されようとは……、ほうほうの体《てい》で逃げ出すように、僕達は作創社手前のバス停に停まっていたバスへと駆け込んだ——最速の探偵は逃げ足も速かった。

対して、骨折中の僕と来たら、みっともなくも彼女に引きずられるような形だったが――よく考えたら、会合中はできる限り気配を消して、一言も発しなかったと言うのに、どうして僕まで追い出されなければならなかったのだろう。

共犯者扱い。

これはこれで冤罪だ。

とは言え、怒り心頭の阜本先生と一緒に、会議室に取り残されるよりは、逃走劇にハイテンションで、楽しそうな今日子さんと路線バスで、二人掛けの席に隣り合っているほうがいいというものだった。

残してきてしまった紺藤さんと取村さんには、申し訳ない限りだが……。

「申し訳ありませんでした」

と、少し落ち着いたところで、今日子さんがようやく、僕に言った――てっきり、阜本先生を怒らせてしまったことへの謝罪かと思ったが、

「せっかく午後まで待っていただいたのに、厄介さんがお読みになる前に、先入観を与えることになってしまいまして」

と、そう続けた。

どうも、読切漫画『チチェローネ』の感想を、結局、僕が読む前に述べてしまったことについて、今日子さんは謝っているらしい――阜本先生相手にはあれだけあけっぴろ

げな批判を繰り広げておきながら、そこは謝るのか。

本読みとしての今日子さんのスタンスなのだろうが、推理小説読みは何事につけ、必要以上にネタバレを忌避《きひ》する傾向がある。

まあ、謝ってもらわなくとも、『チチェローネ』にせよ『ベリーウェル』にせよ、読む機会を完全に逸してしまった形で、今回を除けば、将来的にも手に取ることはまずないだろうから、まったく問題はないのだが。

「いえいえ、是非読んで、感想を聞かせてくださいな。私が読んでも、箸《はし》にも棒にもかからない、琴線にかすりもしない作品でしたけれど、厄介さんが読めば、何らかの魅力を発見できる恐れがあります」

恐れ、なのか。

どれだけ評価が低いのだ……そんなことを言われたら、ますます、読むモチベーションが下がるというものだ。

「漫画に限らず、物語の評価なんて、十人十色ですからねえ。私の心にはまったく響かなかった『チチェローネ』も、十二歳の遺言少女にとっては、魂を揺さぶる名作だった恐れもあります」

「…………」

それは——まあ、恐れ、だな。

あえて会議室では、その点には触れなかったけれど（触れる前に追い出されたわけだが）、たまたま、遺言少女の感性に、『チチェローネ』の自殺賛美がハマってしまった可能性は、どうしたって残る。

他の誰も賛同してくれないけれど、自分だけは名作だと信じている作品というものは、僕にだってある——遺言少女にとって、『チチェローネ』がそうではなかったとは、誰にも言い切れまい。

「そうですね。たとえ作者さえも駄作だと評価する作品でも、自分が面白いと思ったものは、面白いですからね——私にもありますよ、そういう作品」

「だから——調査続行ですか」

そういうことである。

皐本先生に追い立てられながらも、今日子さんは会議室を出る前に、きっちり紺藤さんと、そんな取り決めをしていた。

『なので、遺言少女が自殺に及んだ真の理由を、これから調査してきたいと思いますので、夜の十時頃にまた、お邪魔したいと思います』——と。

お邪魔もお邪魔、まさしくお邪魔だが……。

そんなわけで、僕達が今、どこに向かっているのかというと、とにもかくにも作創社から離れるために闇雲にバスに乗り込んだというわけではなく、遺言少女が通っていた中学校へと向かっているのである。

元々、作創社での会合のあと、そちらに向かうつもりだということは聞いていたので、バスの乗り継ぎは、僕が携帯で調べておいた――その段取りが、てきぱきとした逃亡に役に立ったわけだが。

最速の探偵ゆえの過密スケジュールだったけれど、予定外に作創社での会合が早上がりしてしまったので、時間には若干の余裕ができた形だ。

「でも、よかったんですか？　今日子さん」

「ん？　何がですか？」

「いえ、結局、午前中の調査内容を報告するばかりで、紺藤さんからも阜本先生からも、あんまり話を聞けなかったんじゃないかと思って……、それが今後の調査に、支障を来《きた》さないでしょうか」

「ああ、それでしたらまったく平気ですよ」

僕の心配を杞憂《きゆう》とばかりに、今日子さんは悪戯《いたずら》っぽくはにかむ。

「聞きたいことは聞けましたから――最低限、私が感じた違和感と紺藤さんの感じた違和感が同じものだったのかどうかと、阜本先生と遺言少女の間に接点があったのかなかったのか、この二点だけを、確認できたらよかったんです」

それはできましたから、と今日子さんは言う――ん、一点目はわかるけれど、二点目がよくわからないな？

接点？

「ええ。つまり、遺書に『チチェローネ』の名前を出した件についての解釈で、悪意があって、恨みもあったというケースに、どれほどの現実味があるのかを、チェックしたかったんです。……サイン会だったりで、ファンとして皐本先生と会ったことのある遺言少女が、冷たくあしらわれたことを恨みに思って、当てつけのように自殺した——なんて仮説もあったんですけれど、どうも皐本先生の反応を見ていると、それはなさそうでした」

「そうですね……知らないって言ってましたし」

知らない内に出会っていて、知らない内に恨まれているという可能性は、今のところ消しきれないから、そのケースを完全に否定することは難しいけれど、そういうたぐいの恨みならいきなり自殺騒動に至るのではなく、そこに至るまでの前兆というものがありそうだから、皐本先生に心当たりがないというのは、不自然である。

……もしも、皐本先生を陥れることが目的だったとするなら、落下点に僕が入り込んだことで、その目的は達成できなかったということになる。

メディアでは匿名でとは言え、摩訶《まか》不思議なことに、僕が犯人扱いされたので、皐本先生の作品名が含まれた遺書の内容は、公表されていないのだから——そう考えると、なんだか複雑な気持ちにもなる。

「じゃあ、今日子さんは現時点では、皐本先生は、ただ利用されただけだとお考えですか？」

「お考えは、現時点ではありません。粛々と、推理の材料を集めるだけです」

そんな風に受け流されてしまったけれど、どうだろう、仮説はいくらか、抱えているのではないか。

右足内太股のメモの件と言い……、だが、それを追及するわけにはいかないのがつらいところだ。

「ああ、でも、皐本先生があんな風にお怒りになられていたのは、結果的にはよかったと考えています。作品を貶《けな》されて怒るようであれば、まだクリエーターの魂を失っていないと言えるでしょう」

さっきと逆のことを言っているな……。

クリエーターの魂がなくとも、あんなことを言われたら、誰だって怒ると思うけれど。

「……いい悪いは別にして、自分を飾らない人でしたね」

と、僕は言う。

この感想には、正直なところ、もう少し飾ってくれてもよかったという気持ちがこもっている。

　まあ、そんな気持ちを『作者に幻想を抱いているだけだ』と言われたらその通りだし、それまでなのだけれど。

「ああも激しく怒られたから言うわけではないですけれど、もっと沈んでいるんじゃないかと思っていました。でも、なんて言うか……」

「どこか楽になったご様子だった、ですか？」

　僕がどう言ったものか、迷っていた印象を、今日子さんはずばり言い当てた——言い当てたということは、今日子さんも同様の感想を抱いたということかもしれない。

「ええ……、そうです」

「まあ、漫画家というのも、大変な仕事ですからね。面白いからやってらっしゃるとは言っても、辛さだって、元よりあったはずなんです。愛憎半ば——でも、キャリアを積み重ねてしまえば、やめるわけにはいかなくなる。編集部が推してくれようとしているときに、引退なんて、普通、できるわけがありません。今回の事件は、皐本先生にとって、苦境であると同時に、『楽になる』ための望外のチャンスでもあったでしょう」

「はあ……」

　人生で、何度退職を経験したか、二十五歳の身で、既に数え切れない僕には、それはちょっと理解しがたい感情だ——ただ、明確な『退職』がない作家業においては、引退する機会というのは、実は得難いものなのかもしれない。

遺言少女が皐本先生の作品を、自殺行為の口実にしようとしたように、皐本先生は遺言少女の自殺行為を、これ幸いと、引退の口実にしようとしたと言うのだろうか？

「いえ、そこまでは言いません。責任を感じてらしたのも本当でしょう。ただ、大変な思いをして作られる作品が、人の命を奪いかねなかったのだと思うと、モチベーションを保つのは難しくはなるでしょうね」

「…………」

面白くなくなったから、つまらなくなったからやめる、と言うほど、単純なものでもないということか。

本人の気持ちは本人にしかわからないし、もっと言えば、本人にさえ、ちゃんとわかっていない可能性はある——今日子さんの場合分けで言うなら、本人がそうと思い込んでいるだけのパターンとは、奇抜なようでいて、そう珍しいものではあるまい。

「まあ、あれだけ煽《あお》っておきましたから、私に対する怒りが、モチベーションになってくれることを祈るばかりです」

「……ひょっとして、今日子さん、そういうつもりで、あえて強い言葉を選んでいたんですか？」

今更、そんなことに思い至る——そうか、過去の読切作品である『チチエローネ』についてはともかく、現在連載中の『ベリーウェル』については、高評価を下していた今日子さんだ。

探偵ではなく読者として、続きを読みたいと望む気持ちがあったのかもしれない——そんな風に思いかけたけれど、これは僕の考え過ぎだったようで、

「いやあ」

と、今日子さんは、眼鏡の奥で目を細めた。

「続きも何も——明日になれば、今日読んだ分も、私は忘れちゃいますからねえ？」

3

漫画の影響で読者が自殺したなら、その体験を次回作に生かすべきだという今日子さんの発言は、そういう意味では、まったく覚悟に欠けるものだった——自分にできないことを、他人に要求しているに等しい。

誰を怒らせようと、あるいはどんな恨みを買おうと、それをその日のうちに忘れてしまう今日子さんには、積み重なる経験も、積み重なるキャリアもない。

極論、解決編で犯人を指摘した際、犯人が自殺してしまうような『探偵的』な不手際があったとしても、忘却探偵は、探偵としてあるまじきその屈辱の記憶を、翌日には持

ち越せないのである。

そういう立場だからこそ、感情や同情に捕らわれない、無責任ともとれる奔放《ほんぽう》な指摘ができるのかもしれないけれども、それゆえにどうしても、肝心なところで説得力には欠けてしまう。

記憶が一日でリセットされるという今日子さんの特性は、守秘義務を厳守できるという探偵としての大きなアドバンテージではあるけれど、同時に、探偵活動の大きな制限にもなる。

それは単に、どんな事件でも一日以内で解決しなくてはならないからと言うことではなく――過去をまったく引きずらない探偵に犯行を指摘されても、たいていの犯人は、『お前に何がわかる』と言いたくなるだろうから。

解決編で犯人に説教を始める探偵よりも、ずっと相容《あいい》れまい――訴えるように動機を縷々《るる》語っても、そんなのは、忘却探偵相手には無意味なのだ。犯人がどんな過去を持ち、どんな思いで犯行に至ったか――忘却探偵には伝わらない。

遺言少女があんな遺書を遺した意図は、未だ不明だが――意識さえも不明だが、その意識を取り戻したとき、彼女は今日子さんに、何と言うだろう？

何を言っても。

それは明日には、忘れられてしまうのだが。

4

バスを乗り継いで到着した中学校の校名は、あえて伏せておくけれど、しかし言えば全国的に知名度のある、よく知られた私立の女子中学校だった。

遺言少女は、今年の春からここに通っていたのだ――偏差値の高い学校だから、そう考えると、少なくとも学校の成績は悪くない女の子だったのだろう。

学生の本分を放棄して、漫画ばっかり読んで、漫画の悪影響を受けた子供――という、典型的なイメージからは大いに外れる。

趣味と学業を両立できる優等生だったのか――それとも、漫画なんて、普段は読まない優等生だったのか。

後者だったとすれば、やはり、阜本先生は口実として利用されたのだと言うことになる――それをこれから、今日子さんは探るつもりなのだった。

「では……、うーん、さすがに厄介さんは、ここでしばらく待機していてもらえますか？　ベンチがあそこにあるみたいですので、座っていてください」

バス停から校門に至るまでの中間地点、小さな公園のあたりで足を止めて、今日子さんは僕から離れた。

まあ、当然と言うか……。

女子中学校に僕が這入れるわけがない。

ただでさえ当然なのに、在校生が自殺未遂に及んだということで、その学校は今、ぴりぴりしているはずだった――冤罪でも巻き添えでもなく、冗談抜きで逮捕されてしまう。

僕だったら間違いなくそうだし、女性の今日子さんだって、正直言って、危ういところだ。少なくとも、探偵と素直に名乗ったら、立ち入り許可なんてもらえるはずもなく、門前払いを食らうはずだった。

「ええ。ですから、遺言少女の関係者を名乗って、クラスメイトや職員室の先生方から、お話をうかがってくることになるでしょうね」

悪びれもせず、そんな風に言う今日子さん。

生徒だけじゃなく、教師からも話を聞いてこようというのだから、その大胆不敵さには恐れ入る。

身分を偽っての潜入捜査は探偵のいろはではあるのだろうが……、しかしさすがに、場所が学校となると、少し心配になってしまうな。

ちょっとした会社あたりよりも、よっぽど聖域感が強い場所だ――まして私立の女子中学校となれば、警備員も常駐しているだろうし。

子供を守る、という大義名分はやはり強い——と言うか、この場合、保護者から預かっている子供に万が一にも何かあったら、学校法人の存亡に関わるというのもあるだろう。

実際、校外でとは言え、自殺未遂者が出た件は、学校にとって大きなダメージが……ん？　なんだっけ、今、何か思いつきかけた気がしたが……、気のせいか？

「では、行って参ります。もしも一時間以内に戻らなければ、助けに来てください」

「た、助けにですか？」

「冗談ですよ。助けには来なくていいですから、紺藤さんに、任務失敗だとお伝えください」

そう言って今日子さんは公園のベンチに僕を座らせてから、気負いを感じさせない軽やかな足取りで、遺言少女が通っていた女子中学校に向かった。

身分は偽るにせよ、関係者を名乗るなら、変装の手間は必要ないか……校内では、あの白髪はさぞかし目立つことだろうが、しかし好奇心豊かな女子中学生相手ならば、それを話のきっかけにもできるだろう。

何にせよ、このターンについては、僕に手伝えることはない——ならば一時間、きっちり休憩させてもらうとしよう。これでも病み上がりと言うか、意識を取り戻したばかりの怪我人だ。

休めるときに休むのも仕事である。

……いや、別に僕はこの件について、今日子さんからも紺藤さんからも、日当をもらっているわけではないのだが。

金銭感覚に優れる今日子さんが、依頼人側の僕に助手代をくれるわけもないし、大恩ある紺藤さんに、仲介料を請求するわけにもいかない——一方で職場に退職を告げているのだから、我ながら、何をやっているんだろうという気になってくる。

作家にでもなるしかないと、紺藤さん相手にふざけたことを言ってしまったが、皐本先生の現状を見れば、やはり簡単な世界ではないのだと思い知ったし——そもそも、僕が今、暇にあかせて書いているような事件の記録は、たとえ実体験であっても、およそ表に出せるものではない。

それこそ、規制の対象になり、出版停止になるかも——規制どころか、作者の僕が、取り締まられてしまう可能性さえある。

大袈裟でなく。

実際、表現の規制の一番怖いところは、そこなのだろう——皐本先生が、今、半ばそういう状態にあるように、クリエーターが萎縮するのも問題だが、クリエーターから逮捕者が出てしまうことが、もっとも危険だ。

人権を守るために人権が侵害される。

究極的にはありえることだが、しかしそれを、感情に流されておこなうのは社会秩序を維持する上では、あまりにリスキーだし、退廃的でさえある。

退廃的でさえあるが、今日子さんも言っていたように、歴史上ではそんな体制が当たり前だった時代のほうが長いし、現代でだって、世界規模で見れば、表現の自由は、決して当たり前の権利ではない。

……一方で、たった一冊の本が、社会秩序を乱す可能性を、荒唐無稽《こうとうむけい》だと切り捨てるわけにもいかないのが難しいところだ。読者の意識を変革し、そして国家の圧政を覆《くつがえ》す革命にまで導く本の存在は、フィクションではない——娯楽の皮をかぶった思想書が、直視できないような虐殺を招き、差別や偏見を煽ってきた。

そうなると、『子供を守るため』なんて枠組みじゃあ、とても語れない——同じ枠で語ること自体が間違っているという気もしてくるが、やっぱりそれは、根っこは同じ問題なのだ。

根っこが同じで——だから根深い。

……まあ、萎縮してはいるんだろうし、漫画家という、厳しい職業から抜けるための口実という側面もあるのだろうが、それでも、自分の著作で落命しかけた子供がいると聞いて、『そんなことは知ったことじゃない、親の責任だ』と、そんな決まり文句を言うことなく、あくまで自ら背負おうとするだけ、阜本先生は立派なのだと見るべきか。

それも、今日子さんに言わせれば、自分が悪いことにして難しい議論を避けようとしているだけなのかもしれないが——それだと、一方的に相手に責任をなすりつけるのと大差ないと、そう言うのかもしれないが。

いつか、彼女が、僕にそう言ったように。

あれは忘れもしない、僕にとっても『初めまして』だった事件——僕にとっての、忘却探偵最初の事件。

そう、あれは今から二年前——と。

うっかり、公園のベンチで回想に入ろうとしたところで、僕の携帯電話に着信があった——紺藤さんからだった。

逃げるようにして出てきた——と言うか、本当に逃げてきた会議室の後始末がようやくついたのだろうか、と思いながら、まあタイミングとしてはちょうどよかったと、僕は通話を受ける。

「どうも、紺藤さん」

「どうもじゃねえよ、ったく。なんてことをしてくれたんだ、厄介」

開口一番、そんな風に、怒ったような振りをする紺藤さんだった——が、どこかすっきりしたような雰囲気が、隠し切れていない。

今日子さんに、自分が抱いていた違和感の正体を言い当ててもらってすっきりしたというのもさることながら、編集者として、そして組織の人間として、抱えている作家さんにはとても言えないことを、今日子さんがあらかた言ってくれたことに、すっきりしたと言うのもあるのだろう——まあ、それこそ、そんなこと、口が裂けても言えまいが。

「僕は別に何もしてないよ。冤罪をかけるのはよしてくれ」

「何を言ってるんだ、掟上さんを止めるのはお前の役目だろう」

それは初耳だった。

てっきり助けられるのが、あるいは、振り回されるのが役目だと思っていた。

「皐本先生は、もう落ち着かれたかい？」

「ああ、さすがにな——仕事をすると言って帰ったよ」

「？　仕事を？　じゃあ、引退宣言は——」

「いや、撤回したわけじゃない。ただ、真相がはっきりするまでは引退は先延ばしってことになってな——とりあえず、今夜の十時までは、皐本先生は漫画家だ」

「そうかい……」

なんだか、今日子さんの思惑通りという風だ——まだ手放しで喜べるような状況ではないけれども、状況は、ほんの少しだけ好転したというわけだ。

ただ、このままではやっぱり、数時間、猶予《ゆうよ》が生まれただけである——遺言少女の死の真相を、突き止めなければ。自殺の理由なんて、完全なる内心の事情を、たったの数時間で、どこまで探れるのか——なんとも言えないところがある。

あるいはぬか喜びに終わるかもしれないのだ。

「で、こっちはまあ、そんな感じだが——厄介、お前、今どうしてるんだ？　掟上さんは一緒じゃないのか？」

「ああ、今は別行動中で——」

僕は紺藤さんに現状を説明する。

別行動を取っていると言っても、正確には僕はベンチで休んでいるだけだし、また今日子さんの暴走を止めるという役目を放棄していると怒られるかもしれなかったが、恩人であり友人である紺藤さんに、嘘はつけない。

「——というわけで、今は今日子さんが、一人で学校内を探っている。クラスでの人間関係とか、その辺に悩みがあったんじゃないかとか——」

「……フットワークの軽い人だな、本当に」

紺藤さんは呆《あき》れたように笑う。

まあ、さっきまで会社で話していた相手が、今、女子中学校で潜入捜査をしていると聞けば、笑うしかないかもしれない。

「でも、自殺の原因が、学校にあるとも限らないんだろう？　家庭に問題を抱えていたのかも——」

「うん、だから、学校の調査が終わったら、自宅と、それから遺言少女が治療中の病院に向かう予定になっているよ。どちらも期待薄ではあるけれど——」

家族が怪しげな探偵に会ってくれるとは思いにくいし、病院に行っても、意識不明の遺言少女から話を聞けるはずもない。

それでも今日子さんは、あくまで行動を選ぶのだろう——動いている内に、別の発想も生まれるかもしれないという考えもあるようだ。

「そうか——まあ、任せるしかないか。無力な俺は、せめて夜まで祈りながら、いい結果の報告を待たせてもらうよ。……ただ、十二歳の子供の、自殺の動機だ。たとえその動機に皐本先生の漫画が無関係だと証明されたとしても、それをいい結果だとは、とても言えそうにないな」

声を暗いトーンにして、紺藤さんはそう呟く——同感だった。

ハッピーエンドなど望むべくもない。

そうなると、確かに皐本先生に、この事件を通じて成長してもらうくらいしか、救いらしい救いはないのかもしれなかった。

第六章

対面する隠館厄介

1

「お待たせしました、厄介さん」

予告していた通り、ぴったり一時間後に、女子中学校から公園に戻ってきた今日子さんは、なぜか漆黒《しっこく》のセーラー服姿だった。

何があった。

「何も訊かないでください」

沈んだ声で今日子さんは言う。

徹夜二日目くらいのテンションだ……訊かないでくださいと言われるまでもなく、何も訊けない、危険なオーラを今日子さんは身にまとっていた。セーラー服と共に身にまとっていた。

いや、今日子さんは小柄だし、その佇《たたず》まいは、様になっていると言えば様になっている——髪の白さと、丈の長いセーラー服の黒さが、吸い込まれるようなコントラストを生み出している。ブーツだけは元の大人びたもののままなので、中学校から出てきたのだと知らなければ、そういうアンバランスなコンセプトのファッションなのだと思っただろう。

似合う――なんて迂闊に言えば、しかし、叱られてしまいそうだったので、僕が他にどうすることもできずに黙っていると、

「女子中学生におもちゃにされました」

と、今日子さんは頸《くび》を左右に振りながら言った――訊いてもないのに背景を教えてくれたわけだが、まあ、趣味で着ているなんて思われるのも不本意だろう。

「だ、大丈夫ですよ。氷上《ひがみ》さんみたいな酷いことにはなってませんから」

「誰ですかそれ……」

軽く睨《にら》まれた。

八つ当たりだが、八つ当たりしたくもなるだろう――特に変装せずに潜入捜査に向かった探偵が、変装して帰ってきたという事態に、僕も混乱していた。

「いいんです。明日になれば、全部忘れられますから」

僕は忘れられそうもない。

「さあ、次の目的地へと向かいますよ、厄介さん。次は遺言少女の自宅です」

そう言って、腕を引っ張り、僕をベンチから立ち上がらせようとする今日子さん――

そそくさと展開を急いでいるように感じるのは、これぱっかりは、彼女が最速の探偵ゆえではないだろう。

今日子さんの細腕でも、骨折しているほうの腕を引っ張られてはたまらない——僕は再び、今日子さんに体重を半分、預けることになる。

「またバスを乗り継ぐことになりますか？　それとも電車でしょうか？」

「いえ、ここからだと、徒歩が一番早いようです……、学校の徒歩圏内に住んでいたようで……」

タイムリミットがあるのだから、移動に時間がかからないのは、本来とてもありがたいことのはずなのだが、しかし歩きだと、道中、白髪の女子中学生に支えられている巨人の姿が、どんな風に見られるか、気が気でなかった。

公安の人、お願いだから見ないで。

「……今日子さん、まさかその格好のまま、向かわないですよね？　どこかで元の格好に着替えるんですよね？」

同じ服装を二度したことがないという触れ込みの忘却探偵だが、今回ばかりは、その例外と定めてもいいはずだ。

「元の服は、女子中学生に燃やされました。焼却炉で」

恐ろしいな、女子中学生……、歴史のありそうな女子校だったけれど、まだ焼却炉が現役だとは。

むしろ、よくぞ生きて帰ったものだ。

一時間を待たずに、助けにいくべきだったか。

「失ったものについてはよくわかりましたけれど……、今日子さん、得るものはあったんですか？　つまり、遺言少女に関する情報は」

「それな」

仕入れてきたらしい若者言葉で、今日子さんは頷いた。

得たものがそれだけでないことを、強く祈る。

2

名門女子校の校内で、いったい探偵が、どんな冒険活劇を繰り広げてきたのかは謎めいていたし、ただの仲介者であり、同伴者である身では、厳守されるその守秘義務を暴《あば》くことはできそうもなかったが、

「遺言少女は、クラスでは浮き気味だったようですね」

と、今日子さんは成果のほうを語り始めた。

「成績は上位だったそうですが、人間関係ではトラブルも多かったそうで——ちなみ

に、部活動には所属していなかったらしいです。放課後は、図書室で本を読んでいることが多く、司書さんは、彼女のことをよく覚えていました」

司書さんは、という言いかたが、なんだか妙に限定的だった——その点を指摘すると、

「ええ。遺言少女のクラスメイトの中には、彼女の名前も、ちゃんと覚えていない生徒がいるくらいでしたね」

と、今日子さんは付け足した。

なんだか、そう言われると、『遺言少女』という代名詞の意味合いも変わってくるな——名前を伏せているのが、匿名性ではなく、無名性に由来するもののように思えてくる。

逆瀬坂雅歌——覚えにくい名前ではあるが、それでもクラスにいたら、およそ忘れられそうにない、特徴的な苗字なのに。

浮いている。

それが、ぼんやりと覚えていても、思い出すのが億劫《おっくう》で、だから『知らないこと』にされてしまったようなニュアンスなら——あまりに切ない。

「なんだか、聞いていて、気分のいい話じゃないですね。僕も学生時代を、ハッピーに過ごしていたほうじゃあないですけれど……」

今も無職だったり冤罪だったりで、決して満ち足りた二十代を送っているわけじゃあないが、少なくとも、友人には恵まれている。

「そうですね。でもまあ、死ぬっていうのは、忘れられるっていうことですから」

セーラー服の探偵は、突き放すように言った。

遺言少女を突き放すようでもあったし、密着して歩きながら、僕を突き放すようでもあった。

「未来ある少女達が、身投げをした仲間を、『自分達には関係ない』と切り離したくなる気持ちになるのは、自然なことでもあります――誰だって、巻き添えは御免でしょう」

実際に巻き添えを食った身としては、何とも言えない。

僕が歩いていたお陰で遺言少女の命が助かったのだと考えると、やっぱり、単純に『御免』とは言いにくい――忘却探偵ならぬ身としては、そう簡単には切り捨てられないし、割り切れない。

「……じゃあ、女の子達は、遺言少女の自殺の動機については、まったく心当たりがなかったということですね」

なにせ、本人のことをよく知らないのだ――ならば、彼女がどうして身投げしたのか、その事情を知っているわけがない。

報道に流されて、僕のことを犯人だと思い込んでいる子もいるかもしれないくらいだろう——その辺りの事情聴取は、さすがに警察が一度ならず、済ませている部分でもあるだろうし、だったら、今日子さんは本当に、女子中学生達に遊ばれて帰ってきたというだけのことになりかねなかったが、

「いえ」

と、果たしてそこで、彼女は言った。

「具体的な理由を語れる子こそいませんでしたけれど、その点については皆さん、異口《いく》同音《どうおん》に仰っていましたよ。『死にたくなる気持ちはわかる。だって』って」

「？　だって？」

「『だって』のあとは、ええ、まあ色々と。『むかつくし』とか『くだらないし』とか『忙しいし』とか『つまんないし』とか——本当もう、それなって感じです」

若者言葉でそう言われても、ニュアンスが伝わってこない——使いかたが合ってるのかどうかも怪しい。

死にたくなる気持ちはわかる。

だって。

なんだか退廃的と言うか……、とても、成人女性にセーラー服を着せて遊ぶような、自由な女子中学生のイメージとはそぐわない。

そぐわないと言うか、対照的だ。

「自殺欲……って奴ですか？」

「ふふ。不自然だ、と言いたげですね」

今日子さんが帰還後、初めて笑った——一時間でどれだけの心の傷を負ってきているのだ。事件のことがなければ、今寝て忘れたほうがいいんじゃないかというくらいである——まあ、今日子さんのセーラー服姿よりは不自然だ。

「でも、厄介さんだって、中学生の頃は、そんな感じじゃありませんでした？　明るい気持ちも暗い気持ちも、当たり前に両立していたでしょう？」

「うーん……まあ」

暗い学生時代だったとは言え、一方で本とか楽しく読んでいたわけだし、それは違うとは言えないか。

そこそこ楽しく、そこそこしんどかった。

ならば『そこそこ死にたい』もあるわけか。

「でも、そんなことを言い出したら、子供達がばんばん自殺することになりかねませんけれど……」

「おなかがすいたからって、その辺のものを手当たり次第食べたりしないでしょう。眠いからって、どこででも寝たりしませんよね。厄介さんも、愛が欲しいからって、誰とでもつき合ったりしないでしょう?」

人間には自制心がありますよ、と今日子さん。

具体的に三大欲を例にあげられるとわかりやすい――僕は愛が欲しいなんて言った覚えはないのだが。

そんなに欲しがっているように見えるのだとしたら、心外だ。

人権侵害かもしれない。

「たとえ話を掘り下げても仕方ないかもしれませんけれど……。ずっと食べないことも、ずっと寝ないことも、人間にはできないですよね?」

愛についてはともかくとして。

「でも、自殺は、しなくても生きていけるじゃないですか――って言うか、自殺したら、死んじゃうじゃないですか」

「死んじゃいますね。ただ、自分を傷つけてみたり、ちょっとずつ死んでみたり、そういうのは、あるでしょう?」

自傷とか自虐とか、そういうことだろうか。

あるいは――自殺未遂。

「私も一日ごとに記憶がリセットされて――一日ごとに、死んでるようなものですし」

「………」

それは、体験として共有できるものではない——気持ちとしても、同感は不可能だ。想像すらも難しい。

忘却探偵なんて名乗っているけれど、実際のところ、どういう気分なのだろう——今考えていることや、感じていることが、二十四時間先には、痕跡も残さずなくなっているというのは。

人生にリセットボタンはないなんて、巷間《こうかん》よく言われるけれど——今日子さんは、たった一日で、強制リセットされるのだ。

僕がなんとも言えない気分になっていると、

「本当、何度も生まれ変われるみたいで、ラッキーですよねえ。すべての体験が、新鮮ですし」

しかし対照的に、今日子さんはあっけらかんとそう言うのだった——着ているセーラー服も相俟って、それは本当に、純粋無垢な少女のような口調だった。

「何回キスしても、ファーストキスです」

3

純粋無垢な少女なんて言うのも、志の高い表現者と同じくらいに、幻想的なものなのかもしれないけれど——やや逸れた話を、僕のほうから路線修正する。

「つまり、遺言少女の自殺の動機は、学校内における人間関係にあったと、そう考えていいんでしょうか？　クラスで浮いていたと言うのなら……」

「クラスで浮いていたら自殺するのなら、子供達はばんばん自殺しちゃうでしょうね」

今日子さんは、先程の僕の発言に、かぶせるようにそう言った——その通りだ。

安易な答に飛びつこうとしてしまうのは、僕が制限時間を、そろそろ感じ始めているからかもしれない——そろそろ、午後の四時が見え始めている。

タイムリミットまでの残り時間が百八十度を切ると、僕のような小心者には、焦りも出てくる——今日子さんにはその様子はないけれど、しかし着替える時間も惜しんでいるところを見ると、決して余裕があるわけでもないのだろう。

いわく、『服を新しく入手するとなると、時間がかかっちゃいますからねえ』だそうだ——最速の探偵らしからぬ発言だが、まあ、服選びは、探偵ではなく趣味の領域だから、致しかたあるまい。

僕がよく知らないだけで、今日子さんにもプライベートはあるという話だ。

「でも、今の厄介さんの反応は、実のところ、大きな手がかりになるかもしれません——結構、いいところを突いていると言いますか」

「？　どういうことですか？」

浅い見識を披露して誉めてもらえても、複雑な気持ちにしかならないけれど……。

いいところとはどこだろう。

「つまり――もしも遺言少女が、例の遺書を遺さずに飛び降りていたなら、世間はそんな風に、彼女の自殺をとらえていた可能性が高いということです」

「…………」

ん……。

まあ、そうかもしれないけれど、それが、どうしたというのだろうか？　そう思われることに、どんな問題が――

「わかりませんか？　仮に厄介さんが自殺したとして」

怖い仮定だ。

揚々と、何をたとえてるんだ、この人。

「そのとき、『ああ、この人、友達がいないから自殺したんだね。超ダサいね』って思われたら、如何ですか？」

「ちょ、超ダサいねって思われるのは嫌ですけれど……」

若干誘導尋問っぽいが、なるほど、言いたいことはわかった。

しかし実際、友達に恵まれてはいても、それは質の話であって、決して友達が多いとは言えない僕が飛び降りたりすれば、その辺りに悩みを抱えていたのだと思われるだろう――あるいは、冤罪に苦しんで潔白を証明するために自ら命を絶ったのだとか、下手をすれば、潔《いさぎよ》く罪を認めて自決したのだと判断されるかもしれない。

死人に口なし。

自殺の動機を、好き勝手に語られるのを、防ぐことはできない――ならば、きちんとと言ったら変だけれども、真の理由をしたためた遺書を遺しておきたくなる。

どうせ死ぬのに、己の名誉を守ることに、どれほど意味があるのかはわからないけれど、ただ、自殺するとなると、もはやそれくらいしか守るものもないとも言える。

「いい大人の厄介さんでもそう思うんですから、十代の多感な少女なら、より一層強く、より一層頑なに、そう思うんじゃないでしょうか――学校で浮いているから自殺したとか、超ダサいって」

「と、とにかく超ダサいんですね」

そんな軽いノリじゃあないだろうが。

でもまあ、もしも、それが本当の理由じゃないのに、そんな『冤罪』をかけられたら、たまったものじゃあないという気持ちはわかる。

少なくとも僕は、友達の数が少ないことで悩んではいない。

「学校じゃあ浮いているのにビルからは落ちたんだって思われるんですよ。最悪じゃないですか」

それは最悪だ。

自分の自殺をうまいこと言われるとか……、不謹慎でさえあるし、そんなことをぱっと思いつく今日子さんもかなりいい性格をしているが、ただし、僕を含めて、世間というのはそういうものだ。

理解したいと思う癖に、わかりやすさを求める——中高生が自殺したら、学校で悩みがあったんだと思う。

「そう思って、おおむね外してもいないんですけどね——思われるほうはたまったものじゃあありません。事実と違ったら——いえ、事実その通りだとしても、そんな風に思われたくはないでしょう。本当のことを言われるのは、嫌なものですよ」

本当のことを突き止めるのを生業《なりわい》とする探偵が言うと、それはなかなか、味わいのある台詞だった。

確かに、欺瞞《ぎまん》というのは気持ちのいいものではないし、真実というのは、もっと気持ちのいいものではない——ええと、つまり？

「つまり……、遺言少女が、あんな遺書を遺して飛び降りた理由は、見栄を張るため、格好をつけたかったから——と言うことですか？」

「そういう解釈もできる、ということです。格好いい理由で死にたい、という気持ちは、そんなに難解なものではないでしょう？　名誉の死。死に際を飾ろうとする美学は、日本では古来、一般的でしょう」

「武士道とは死ぬことと見つけたり……とは、言いますけれど。でも、まあ……、子供にとって、友達がいないことが恥ずかしいことだって感覚は、わかるとしても、だからって漫画の影響で自殺するって言うのが、決して格好いいことだとは……」

遺書に嘘の内容を書く動機として、『格好つけたかった』というのがあったとするなら、もっと別の理由が——いや、でも、わからないか。

格好いい自殺の理由ってなんだ？

そんなものがあるのか？

「真の理由から目を逸らさせることだけが目的だったのなら、格好いい理由をセレクトする必要もありませんよ。むしろ、ステロタイプで、世間が信じてくれるような理由であれば、それでいいとも言えます——逆に言えば、いくら格好良くても、十二歳の、去年まで小学生だった女の子が、『私はこの国に改革をもたらすために死ぬのです』という内容の遺書を遺して死んでも、そんなの、誰も鵜呑みにしないでしょう？　嘘つけって思われておしまいですよね」

「そうですね……」

僕が遺しても、嘘つけって思われておしまいだろう遺書の文面である。

「……なるほど、そこへ行くと、漫画の影響で自殺したっていう文面は、鵜呑みにするのに難がないと言うか……」

紺藤さんが言うところの、『しっくり来過ぎる』感じである――関係者である紺藤さんなら、そこに違和感も抱けるだろうが、そうでもなければ、『ああ、そういうことなんだな』と、『あるある』で済ませてしまいかねない。

「そうなると……、そうなってしまうと、皐本先生は本当に、巻き添えを食っただけということになりますが……」

パターンBだったか、βだったか。

細かい分類は忘れてしまったけれど。

ある種、僕よりも酷い巻き添えを食っている。

完全にスケープゴートだ。

「でも、そこまでして隠したい、遺言少女の自殺の理由って、何なんでしょう――今日子さんの肌感覚では、その、『クラスで浮いている』って言うのは、自殺の直接的な理由ではないんですか？」

「違う……と、断定できるほど、自信を持っては言えませんけれど、少なくとも、その理由で、紺藤さんや皐本先生を、納得させることはできないでしょうね。証拠もなければ、根拠もありませんから」

そうか。

裏を返せば、紺藤さんや皐本先生を納得させることさえできれば、証拠も根拠も必要ないとも言えるのだが。

しかし、まだ、遺言少女の人柄さえ見えてこないのだ——あとたったの六時間で、そんな内心を探ることができるのだろうか。

「人柄……ですか。そうですね。誰も、彼女の性格については言及していませんでした。語れるほどに、彼女の人柄を知る子はいなかったのでしょう——まあ、変に知ったかぶりをされるよりは、この場合よかったんですが、ただ、図書室の司書さんは、興味深い分析をなさってました」

と、今日子さんはそこで言った。

分析？

確かに最初に今日子さんは、司書さんは遺言少女のことをよく覚えていたと言っていたけれど……。

でも、見解を出せるほどの接点が、司書さんといち生徒の間にあったとは思いにくいのだが……、クラスで浮いている少女が、司書さんとだけ仲良くしていたというのは、ドラマっぽいけれど、それはありそうなことじゃないからドラマっぽいのでは。

ああ、いや、違うか。

場所が図書室なのだから、直接の接点がなくてもいいのだ——何せそこは、本を読む場所であり、本を借りる場所である。

本棚を見れば、その持ち主がどんな人物か言い当てられる——と言う。

普段、遺言少女が図書室で一人、どんな本を読んでいるのか、そして、貸し出しカードにはどんな書名が記されているのか、それを知ることができる立場の司書さんは、彼女の内面に、クラスメイトよりもずっと、踏み込めよう。

読書というのは、それだけプライベートな行為である——購入する書名をデータベース化されたくないからと、書店であえてポイントカードを作らないという本読みの話も聞いたことがある。

確かにその視点から、遺言少女を分析すれば、自殺の動機に迫れるかも——

「いえいえ、厄介さん。そういうことではないんですよ」

「え？」

「だって、それって結局、本の影響で自殺に走ったんじゃないかって偏見の、裏返しでしかないじゃないですか——読書がプライベートなものだという意見には全面的に賛成しますし、本棚に並んでいる本の背表紙を見れば、持ち主のキャラクター性が見えてくるというのは、そりゃあインタレスティングなものの見方であって、友達同士でやるには楽しいとは思いますけれど、でもそれって、犯罪者の本棚に並んでいる本のタイトルをああだこうだと槍玉にあげるのと、大差ないでしょう」

ううむ。

そう言われると、一言もない。

『本の影響で犯罪に手を染める』のと、『犯罪者を虜にする本』というのは、真逆なようで、結局は同じことを言っているのかもしれない——土台、偏見には違いなかろう。

こういう本棚だからこういう人物だと言い当てるのは、十月生まれだからどうとか、A型だからこうとか、極論、そういう占いレベルの参考にしかならない——状況証拠ではあっても、動かぬ証拠ではない。

その本をどういう風に読んでいるかとか、面白かったのかつまらなかったのか、それとも買ったけど読んでいないのか、そこまでは本棚からはわからないわけだし……。

でも、だったら司書さんが遺言少女を相手にした分析、というのはどういうものなのだろう——まさか本当に、大人と子供で、友達同士だったのだろうか？

「いえ、ちゃんと喋ったことは、ほとんどないそうです——でもね、本のタイトルや本の内容ではなく、本の読みかた、本の借りかたが、司書として無視できないくらいに、特徴的だったそうなんです」

「……？　でもそれも結局、おんなじなんじゃないですか？　読みかたも借りかたも、そんなのは、人に迷惑をかけない限り、自由ってもので——」

「遺言少女は、必ずと言っていいほど、読む本、借りる本のバランスを取っていたそうですよ」

「バランス？　バランス、とは？」

「新しく入荷した本を借りるときは、古い蔵書をセットに借りて——私小説を読むときには、かたわらにファンタジーを置いていた。詩集を読んだあとは伝記を、ＳＦを読んだあとはビジネス書を、ライトノベルを借りるときは純文学を一緒に借りて、推理小説を読むと、続いては恋愛小説を読んでいたそうです」

「…………」

推理小説と釣り合いを取るのが、恋愛小説でいいのかどうかはともかくとして——バランスとは、そういう意味か。

「それは、つまり……、読書の幅が広い子だった、ということですか？」

「いえ、それがどう考えても、返却日までに読み切れる量じゃないんですよ。つまり、実際に借りた本を全部読んでいるわけではなく、周囲にそう解釈させようとしている、というのが、司書さんの分析です——つまり、読んでいる本から、自分を判断されることを避けようと、フェイクをかけていた。本棚を見れば性格がわかる——というその偏見に、彼女なりに対策を打っていた、とも言えます。ダミーの本を借りて、囮《おとり》の本を読んでいる——司書さんは遺言少女に、そんな印象を持ったそうです」

多感な少年少女が、ちょっとエッチな本を買うときに、参考書を一緒にレジに出すようなものですかね――と、今日子さんは明るい口調で俗っぽいと言うか、わかりやす過ぎる例をあげた。

心当たりがまったくないと言えば嘘になる例だったし、自分がどんな本を好んでいるのかを隠そうとする気持ちもまた、理解できないと言えば嘘になる。

お勧めの本は、おいそれと人に教えられるものじゃあないし、『そういう本が好きな奴』という偏見は、あるいは好きだからこそ、時に冤罪をかけられるよりも、嫌な思いをするものだ。

Aを読むときは逆Aを。

Bを読むときは逆Bを。

たぶんそれは、読書に限った傾向でもないのだろう――そう確信させるほど、ややもすれば病的とも言える、初めて見えた、遺言少女の、個性らしい個性だった。

少なくとも、丸写しの遺書よりは、ずっと的確に、十二歳の少女を、表現していると言えるエピソードである。

あの日、落下してくる彼女を、自分の身で受け止めておきながら――僕は今更のようにようやっと、遺言少女と対面できた気がした。

フェイクをかけていることがバレているというのは、なんだかより恥ずかしい気もするけれど……、そこはまあ、プロの目は誤魔化《ごまか》せないということか。

僕だったら、単に、色んな本を読む子なんだなあと思うだけだろう――見事に引っかかるに違いない。

「なるほど。司書さんの分析はわかりましたけれど、今日子さん。だとするとつまり――どういうことになるんでしょうか？」

「ええ、厄介さん。だとするとつまり、遺言少女は、分析されることや内心を探られることを、とても嫌う性格であり、できる限り己を隠したがる人柄であると、そう推測できるということになります」

それは、今晩十時までに、彼女の自殺の、本当の理由を探ろうとしている探偵としては、あまり好ましいとは言えない性格だった。

4

その後、僕の右半身を支えながら、目的地に到着した今日子さんだったけれど、逆瀬坂家は留守だった。

留守というより、無人という雰囲気だ。

まだ夕方なのに、一軒家のすべての部屋で雨戸が閉《た》てられていて――郵便受けからはみだしている新聞の量を見れば、しばらく誰も帰っていないだろうことは、探偵でなくとも推理できた。

マスコミの取材から逃れるために、親戚の家にでも身を寄せているのだと考えるべきなのか……、そのときは、単純にそんな風に考えたくらいだったが、続いて、遺言少女の入院している病院に向かってみると、単にそれだけでもないようだった。

遺言少女が未だ意識不明の重体中であることを思えば、現在どこに身をおいていようと、入院中の彼女に付き添っているであろう家族から話を聞けるはずだという目論見は、今日子さんがナースさんから聞き出した、

「家族は、一度も見舞いに来ていないそうです。入院当初から、今日に至るまで」

という情報に、打ち砕かれた。

恐らく図書室の司書さん相手にもそうしただろうように、セーラー服を着せられているることを利用し、少女の友達の振り（つまり女子中学生の振り）をしてナースさんから証言を巧みに得た今日子さんの手腕（職業意識）は見事だったが、しかし、どうやら遺言少女の家庭環境は、お世辞にもいいとは言えないもののようだった。

そして、それを自殺の動機と考えられることもまた、十二歳の少女にとっては、耐え難い偏見に違いないのだろう。

いずれにしても、意識不明の遺言少女は面会謝絶だったので、セーラー服の探偵と満身創痍の被害者は、彼女に会うことはできなかった。

対面した気持ちになれた少女は、実際には、まだその影さえも見せていないのかもしれなかった。

第七章

再訪する隠館厄介

1

「厄介さん。私のお洋服を、買ってきていただけますか？」

少女の自宅と入院中の病院と、二度連続で空振《からぶ》りを味わってしまった今日子さんは、しばし足を止めた——病院のロビーで購入したブラックの缶コーヒーを、しばらく無言で飲んでいたかと思うと、出し抜けに僕に、そんなことを言ってきた。

「ここ、大きめの病院ですし。お願いすれば、厄介さんのサイズにあった松葉杖も貸してもらえると思うんですよ——なので、お願いしてもいいですか？」

「は、はあ……」

確かに、この規模の病院ならば、僕にしっくりくる松葉杖もあるかもしれない——ただ、その要請は、正直言ってわけがわからなかった。

お洋服？

「いつまでもセーラー服ではいられませんし。不幸中の幸いとは言いませんけれど、立て続けの空振りで、余剰時間が生まれましたから。着替えさせてもらおうと思います」

だんだんと普段着みたいに見えてしまっていたけれど、言われてみれば、その通りだ。

まさか夜の十時に、セーラー服で紺藤さんに会いに行くわけにはいくまい——今日子さんは明日になれば忘れて終わりかもしれないけれど、僕は一生、紺藤さんにからかわれることになる。

タイムリミットが四時間を切ったこの段階で、余剰時間があるかないかはともかく、調査のほうは行き詰まってしまった感があるので、気分転換の意味でも、ここで着替えるというのはありかもしれない。

だけど、どうして僕が買ってくるのだ？　今日子さんの『お願い』は、僕に一人で買ってきて欲しいというようなニュアンスだけれど……、今日子さんの服なのだから、今日子さんが選ぶべきでは？

「そう言わずにお願いしますよ。厄介さんのセンスで構いませんから、どうか私をおもちゃにしてください」

プレッシャーをかけてどうする。

同じ服を二度着たことがないと言われるほどにファッショナブルな今日子さんを着せ替え人形にするなど、僕には荷が重過ぎる……、そんなこと、女子中学生のように無邪気にはできない。

僕が知る限りのファッションとはかぶらないように気を使うのがせいぜいだろう……絶対に今日子さんが、自分で買いにいったほうがいい。

「いえ、その間に、私は私で、やっておきたいことがあるんです——ちょっとした私用と言いますか、野暮用と言いますか。一時間後に、遺言少女が飛び降りた雑居ビルの屋上で集合、というので如何でしょうか」

また別行動ということか。

今日子さんは、何か別のものでも買いに行くのだろうか——私用と言われてしまうと、突っ込んでは訊きにくい。

ドレッサーの今日子さんが服選びを他人に任せる以上、その一時間でおこなおうとしていることが、決して完全なる私用と言うことはないだろうが……、しかしそれ以上に、どうして雑居ビルの屋上で集合なのかがわからない。

現場検証は、午前中に既に終わったはずでは？

退職したばかりの古本屋を訪ねるも同じなので、正直、同じ日にもう一度向かうのは気が進まないのだが……。

「いえいえ、現場百遍と言いますからね。行き詰まったときは現場に立ち返れと言うのは、捜査の鉄則です」

探偵というより、もはや刑事みたいなことを言い出す今日子さんだった——ただ、単なる思いつきでもう一度、僕の元職場でもある雑居ビルを再訪しようとしているわけではないらしく、

「気になっていたことがあるんです。どこかで、それについての証言が得られるんじゃないかと、期待していたんですが」

と、今日子さんは再訪を試みる理由を説明した。

「当初からあったのは、どうして遺言少女は、あのビルから飛び降りたのか、という疑問です」

「……？　まあ、それはずっと議論してきたことじゃないんですか？　飛び降りた真の理由を、僕達はこうして調べているわけで——」

「じゃなくって。どうして飛び降りたのがあのビルからだったのか——です」

言葉の並びを入れ替えただけ——ではないな。

でも、それも一度、論を戦わせたように思う。

周囲には他のビルもあったけれど、五階建てや六階建てのビルばかりで、確実に死ねる高さのあるビルは、該当のビルだけだったから。

まさしく現場で、そんな話をした覚えがある。

「でもなくって。確かにあのビルは、あの辺りでは、一番高いビルでしたけれど——で

も、違う地域にいけば、もっと高いビルだってあるでしょう？　十階建て以上のビルから飛び降りれば、通行人がいようと、トランポリンが設置されていようと、関係なく死ねていたはずなんですよ。七階建てって、そういう意味では、中途半端ですよね」

「…………」

相対的には、そういうことになるか。

「もっと言えば、中学校に潜入したときに、話を聞くために、当然、私は校舎の中を散策してきたわけですが——十階建てでこそありませんが、なにぶん学校施設ですから各階の天井も高く、校舎には十分な高さがありました。飛び降りて、死ぬには十分な高さが」

遺言少女は確実に死ねる高さのビルを選んだように思っていたけれど、しかし視野を広くして、相対的に見ると……、半端である。

そこまで聞けば、僕にも言いたいことはわかった——僕がさっき思いつきかけたのは、それか。どうして遺言少女は、『学内で』飛び降りなかったのかと言う……もちろん、中学生は、通っている校舎の屋上からしか飛び降りてはならないなんて言うのは、使い尽くされたテンプレートでしかない。

どこから飛び降りようと自由だ。

どこから飛び降りようと自殺だ。

だが、そんな風に、改めて疑問を呈されてしまうと――なぜ、身近な学校の校舎でも、十階建てのビルでもなく、他でもないあの雑居ビルを身投げの場所として選んだのか、不思議ではある。

そうでなければ、僕がこうして、二ヵ所の骨折をすることはなかったのだから、他人事ではない……。

「遺言少女があのビルから飛び降りた理由が、何かあるとすれば……、それが彼女の自殺の理由と、ニアリーイコールである可能性も否めません。なのでてっきり、調査を続けていくうちに、遺言少女があのビルを選んだ理由が浮き上がってくるかと思っていたんですが、どっこい、かすりもしませんでしたので」

なので現場に立ち返ろうと思います、と今日子さん――まあ、それならば異論はない。ビルの関係者から話を聞いてみれば、何かわかることもあるかもしれない。

「過去に、あのビルから飛び降りた有名人がいて、その人物に感化されたというようなストーリーがあれば、強力な仮説にはなるでしょうね。なので厄介さん、もしよかったらなんですが、集合前に、勤めてらしたという古書店の店主から、お話を聞いてきてもらってもよいでしょうか？」

追加の要望としてはキツ過ぎる。

退職した店員がどの面下げての極みだ。

「あのお店、夕方に閉まりますから、店主はもう帰ってると思います……自宅の電話番号なんて知りませんし」

「そうですか。結構な早仕舞いなんですね。昔ながらの古本屋さんならではと言いますか——まあ、それならそれで」

あたふたしながらの僕の返答に、さして落胆した風もなく今日子さんは肩を竦めて、

「では、服のことだけ、くれぐれもお願いします」と言った。

そのお願いだけでも十分重いけれど、あまり抵抗していると、逆に追加案が増えかねないと判断し、僕は承諾することにした。

まあ、そうは言いつつも、得難い機会だ。

本人の許可があった上で、今日子さんに好きな服を着てもらえるチャンスなんて、なかなかあるものではない——あれ？

「あ、あの、今日子さん？」

「なんですか？」

指針が決まるや否や、早速病院のロビーから動き始めようとする今日子さんを、僕は慌てて引き留めて、ぎりぎりで気付いたことを質問した。

「服を買うのはいいんですけれど……、その、まだ、購入のための代金をいただいていませんが」

「は？」

今日子さんはきょとんとした。

「私の服なのに、私がお金を払うんですか？」

2

センスについてはともかく、今日子さんの服を買うにあたって、気をつけるべきは、長袖を選ぶことだ――ズボンにするにせよスカートにするにせよ、丈《たけ》が足首まであるものをセレクトすることが望ましい。

なぜなら、己の肌を最低限のメモ帳として使用することのある忘却探偵なので、ファッションはお洒落《しゃれ》であると同時に、それを覆い隠すためのカバーシートの役割も果たすからだ――まあ、そういう基準があれば、ショッピングにそんなに時間を要することもない。

特にそういう要請を受けたわけでもないので、ノースリーブやキュロットなんかも新鮮だろうが、それで趣味を疑われても災難である――たとえつまらない奴だと思われようとも、ここは無難に、深く考えずに目についた上下をぱっと買ってしまうのが定石だろう。

そんなわけで、頼まれたお使いには、大して時間がかからなかったけれども、しかし、そんなことを考えながらの買い物だったため、僕は今日子さんの右足に記されていた文章のことを思い出さずにはいられなかった。

『自殺じゃなかったとしたら？』

……結構、肝《きも》となると言うか、この事件を調査する上で、概要が根っこからひっくり返るような視点だと思うのだけれど、今に至るまで、今日子さんはその可能性について、提示しようとする様子を見せない。

作創社の会議室では、紺藤さんや阜本先生、取村さんの前では、まだ開示すべきではないレベルの仮説だったからというのはあったかもしれないけれど、ここの段階に至っては、未だ同行者の僕にさえ、それを口にしないというのは、なんだか不自然だ。

昼間に一度は、その可能性を検討してみたけれど、調査を進めていく中で、その仮説は放棄されたということだろうか……、まあ、十二歳の少女が、意図的に殺されたというのは、いかにも荒唐無稽で、ありそうもないことだが。

合流したら、意を決して一度その点を、今日子さんにそれとなく訊いてみるか……、もちろん、内太股の文字が見えてしまったことは伏せて、さも自分で思いついた仮説のように装うくらいの演技力は発揮させてもらうが。

と、そこで僕は、更に気付く。

なし崩し的に買い物を頼まれてしまって、あれよあれよと別行動を取ってしまったけれど、集合場所の、雑居ビルの屋上というのは、いかにもまずい。午前中、一人で先に上らせてしまったら、あの人はあろうことか柵を乗り越えて、遺言少女と体験を共有していたのだった——今このとき、またそれを繰り返していないとは限らない。

それが最速の探偵の速度の、要因のひとつではあるのだけれど、あの人は探偵活動となると、向こう見ずと言うか、後先考えないと言うか、危険を省《かえり》みないところがある。合流しようと辿りついたら、落下する今日子さんを目撃するなんて、想像したくもない展開も、絶対にないとは言えない——そうなったとき、せめて落下点に滑り込めるようにと、僕は病院から借りた松葉杖を自分の身体の一部のように使って、雑居ビルへと急いだ。

3

結論から言えば、僕の心配は杞憂に終わった——さすがに、合流地点での到着については、最速の探偵である今日子さんよりも先んじることはできなかったものの、彼女も今しがた到着したばかりのようで、すっかり明かりの消えた雑居ビルの屋上で、ブーツを脱いだり、はき直したりしているような段階だった。

「あ。厄介さん。ありがとうございました」

僕が手に持つ荷物を見て、今日子さんは嬉しそうに駆け寄ってくる——一刻も早くセーラー服から着替えたいのかもしれない。

遺言少女の行動のトレースという意味では、ブーツを脱いだりするよりも、よっぽど堂に入っていると言えなくもないのだが。

「いやー、楽しみだなー、厄介さんのセンス。何を着させてもらえるのでしょう」

「絶対にご期待には添えないと思いますが……、これ以上プレッシャーをかけないでください。えっと、今日子さんのほうは、どうだったんですか？」

「え？　私のほうって？」

「ほら、私用とか、野暮用とか、仰っていたじゃないですか」

「ああ……」

と、今日子さんはそこで、曖昧と言うか、複雑そうな笑みを浮かべた。女子中学生が浮かべるには、深みのある表情だ。

「細工は流々、とは、とても言えませんね。ほとんど空振りです。無意味でした」

「？　私用に空振りとか、あるんですか？」

「私用というのは嘘です。本当は、一人で調査に向かっていました」

まったく悪びれない態度で、今日子さんは言った——いや、まあ、そんなことだろうと思ってもいたけれど。

なんだか流れで同伴しているけれども、僕は置手紙探偵事務所の職員でもなければ、ワトソン役でもないのだ。僕に同行されたくない場所や、知られたくない情報網もあるに違いない——僕がそんな風に、今日子さんとの難しい距離感について、どうにか割り切ろうとしていると、

「実は、逆瀬坂家に、取って返していたんですよ」

と、あっさり教えてくれた。

え……、この雑居ビルを再訪する前に、遺言少女の自宅も、今日子さんは再訪していたと言うのか？

確かに、夜になれば誰かが帰っているかもしれないという可能性を考慮すれば、その再訪も無駄ではないかもしれないけれど……、だったら、それは、それくらいならそうと事前に教えてくれていてもよかったのでは？

既に一度、一緒に訪れている場所なのだから。

「ええ、でも、厄介さんも今回の件では、さすがにそろそろ巻き添えにされ飽きているんじゃないかなあと思いまして——」

「巻き添え……？」

そりゃあ、され飽きているが。

発端からして巻き添えなのだから——でも、今更遺言少女の自宅に再訪するくらいのことを、巻き添えとは思わないが？　着替えを入手するために、役割分担をする必要があったとしても——

「だって、先に教えていたら、共犯になっちゃいますから」

「きょ、共犯？」

「留守をいいことに、軽く不法侵入をしてきました」

軽い不法侵入なんてない。

探偵の完全なる違法行為だった——それは言えないだろう。

雨戸で密閉された一軒家に、どうやって侵入してきたのかはミステリーだったけれども、それならば、その行動を秘密裏におこなうのは、さもありなんだった。

女子校に乗り込むのとはわけが違うのだ、さすがに止めていただろうし……、今日子さんからしてみれば、僕のような巨体の持ち主が同行すれば、不法侵入の難易度が跳ね上がるという事情もあっただろう。

僕に服を買いにいかせたのは、セーラー服に耐えきれなかったという私的な理由は二の次で、違法捜査を目撃されないためだったわけだ……、距離感ではなく、罪悪感の問題だったのか。

まあ、忘却探偵はどうせ明日になれば忘れてしまう罪悪感なんて、微塵《みじん》も感じていないご様子だが……。

「遺言少女が、どんな家で暮らしていたのか、どんな部屋で過ごしているのか、調べてみようと思いまして。ご家族からお話を伺うのは無理でも、遺言少女の本棚くらいは見てみたかったんです」

あれ、言っていることが違う。

まさしくその自宅を訪ねるための道中で、本棚の内容で人の性格を測るようなことはするべきではないと、僕と今日子さんはそんな話をしたはずなのだけれど……。

「両方の視点を持つことが大切なんですよ」

屈託なく、そんなことを言う今日子さん——その豹変《ひょうへん》ぶりはどうかとも思うけれど、まあ、それはその通りか。

それもまた、バランス感覚。

肯定と否定を同時におこなえる才覚は、探偵活動において必須とは言えないまでも、使い勝手のよいものだろう。

ともかく、そこを責めても仕方がない。

ビルの屋上から落下する今日子さんを目撃するよりは、彼女の違法行為を看過するほうが、まだマシだったと思おう……、本当、全方面に向けて危なっかしい探偵さんだ。

「それで……、そんな踏み込んだことをしたんです。当然、成果はあったんですよね？」

踏み込んだと言うか、踏み外したと言うか……、もしも通報でもされていたら、セーラー服を着た成人女性が無人の家に忍び込んだ事件が発生していたわけで、そんなリスクを冒したのだから、それに匹敵するリターンがなければ、割に合わないというものだ。

だけど、それはいささか勝手な言い分だったようで、

「生憎《あいにく》、右記のように空振りでして。遺言少女の部屋には本棚がありませんでした――どうも本は捨てる派だったみたいですね」

と、今日子さんはさして落胆した様子も見せずに、肩を竦めた。

右記のように、と言われても。

やっぱり犯罪は割に合わないものなんだな……地道な捜査が一番か。

強いて言うなら、『本を捨てる』というのは、読書の履歴を自室に残さないということでもあるので、内心を探られたくないという遺言少女の性格を、その事実から、更に強く裏打ちすることができるのかもしれない。

その情報は、正直、もういらないくらいだが……。

「参りましたねえ。屋上に上るまでに、このビルの中身のほうもぐるりと一周してみた

のですが、特に際だった発見はありませんでした。手詰まりと言いますか……、これで本当に、やることがなくなってしまいました。どうしたものでしょう」

そう言って、いつの間にやら、すっかり暗くなった空を見上げる今日子さん。

現在時刻は夜七時――タイムリミットまで、まだ三時間を残しているけれど、トゥドゥのほうがなくなってしまうとは、なんとも皮肉だ。三時間あれば、最速の探偵である今日子さんには相応の行動量が見込めるのに――

「雨を待っててもいいたんですが、あと三時間では、望み薄ですか」

空を見上げたまま、ぽつりと、今日子さんは言った。

星空を見てセンチメンタルな気分になっていたわけではなく、単に雲の具合を見ていたらしい――雨？　ああ、そう言えば、事件の当日は雨だった。報道では『当日の天気』なんて語られていないだろうが、新聞には天気欄がある――今日子さんはそこを読んだのだろう。

目敏いと言うか……抜け目ない。

再現と言うなら、そこまで徹底したいというのが心境だったのだろうか――天候を操る名探偵となると、さすがに僕の携帯電話には登録されていないけれど。

「ええ、もちろん、無茶を言っているとは思うんですが……、でも、気にはなるんですよね。どうして、遺言少女は、雨の日を選んだのか」

「？　……それは、死のうと思った日に、たまたま雨が降っていただけじゃあ――」

「そうでしょうか。私、あの柵を自分で乗り越えて見たからわかるんですけれど、雨なんて降ってたら、脚を滑らしそうで、とても危ないんですよ」

それは柵を乗り越えて見なくてもわかる。

これから死のうというときに、足下の悪さなんて、まして、これから飛び降りようとしているのだから、気にならないと思うけれど、しかし、気にしてみれば、気にもなる。

滑って落ちるのと、自分で飛び降りるのとじゃあ、意味が全然違ってくるし――現場に合羽や傘が残されていたという情報はないから、なんとなく、『ずぶ濡れの女の子が、雨の中自らの死を選ぶ』というのが、場面設定としては自然な気がしていたが、それもドラマツルギーに基づく思い込みか？

この雑居ビルを選んだ理由――そして、雨の日を選んだ理由。

突然の雨だったし、『なんとなく』で済まされそうな細部ではあるが。

「ええ。確かに『チチェローネ』作中でも、『傘を決してささない男』というのも登場しますし、雨中の自殺も描かれます――それをなぞっただけなら、そうと確認したかったところなのですが。でも、雨待ちは外れました」

と、今日子さん。

「こうなるともう、遺言少女の自殺の動機を探るよりも、どうにか皇本先生を言いくるめる方法を考えるのに注力したほうがいいのかもしれませんねえ——」

そんな現実的な方向へと、今日子さんが思考をシフトしようとしているところをみると、本当に手詰まりなのだろう——忸怩《じくじ》たる思いだが、仕方ない。今日子さんは決して超人ではないし、また万能の探偵ではないのだから。

できないことをできない。

だからと言って、ここで僕が、携帯電話に登録されている他の探偵に電話をかけるのも違うしな……、ん。

そうだ、例のメモだ。

『自殺じゃなかったとしたら？』という、今日子さんの右足に書かれていた備忘録——あれについて、結局一切触れないままに、今日子さんは手詰まりを宣言した。

つまり、やはりあれは思いつきはしたものの、検討の結果、既に却下した仮説だったのか——でも、忘却探偵がわざわざ肌に書いたほどの記述が、一度も話題に出てこないのも変な話だ。

なんにしても、訊けばわかることである。

今日子さんがどうして殺人事件の可能性を検討して、そしてどのようにそれを却下したのか——

「ねえ、今日子さん。僕、たった今、ふっと思いついたんですけれど、遺言少女は自ら飛び降りたんじゃなくて、誰かに突き落とされたっていう可能性はないんでしょうか？　つまり、自殺じゃあなくって殺人事件だという可能性――」

「は？」

僕が言うと、今日子さんは、洋服の代金を不当に要求されたときほどではないけれど、眉をひそめて、かなり怪訝そうな顔をした。

あれ？

「やだな、それはないでしょう、厄介さん。自殺に見せかけた殺人事件なんて、そんなの、推理小説の読み過ぎじゃないですか？」

探偵から言われる台詞ではない。

「なるほど、発想としては面白いですね。ただし証拠があれば、の話ですが。いやはや厄介さん、あなた、推理作家になれますよ」

解決編における犯人の台詞になっている……、いや、推理作家になれるものならなりたいものだが、あれ、おかしいな。

今日子さんがまったく乗ってこない。

「厄介さん。真面目な話、その辺りは警察がきちんと捜査してくださっていると思いますよ――もっと手の込んだ方法の自殺でしたらまだしも、飛び降りなんて、かなり原始的と言いますか、シンプルな方法ですから、およそ細工の余地はないと思います。この屋上に、遺言少女以外の誰かがいたとするなら、その痕跡が残っていないわけがありません――まして、争った痕跡となれば」

「……え、えっと」

僕はたじたじになる。

いや、まあ、現実的にはそうなのだろう。

突き落とされたと言うなら、遺言少女が抵抗しなかったわけがないし……、すぐに大騒ぎになったはずだから、犯人がいたとするなら、ビル内から逃げられたはずもない。

「で、でも、だったら、今日子さんが右足の内太股に書いていたメモはなんだったんですか――あっ」

あっ、じゃない。

我ながら、己の演技力の脆弱《ぜいじゃく》さに目眩《めまい》がしそうだった――悪いこともしていないのに何一つうまくいかない、僕の人生の割に合わなさはなんなのだろうと思う間もなく、

「…………」

と、今日子さんは、一瞬で行動を始めた。

無言のうちに、漆黒のセーラー服、そのプリーツスカートを勢いよくからげて、自分の右足を付け根の部分までむき出しにする――真っ白い太股が露《あら》わとなる。

が、見える範囲に文字はない。

そりゃあそうだ、あれは、柵を乗り越えようと、結構無理な体勢をしているときに、かろうじて見えた文字なのだから。

「厄介さん。姫に騎士がかしずくように、そこにかがんでいただいていいでしょうか？」

頼みごとにしては、ものすごいものの言いかただったが、今の僕は、反対できるような立場ではなかった――言われるがままに、僕は己の巨体を丸めるようにして、その場にしゃがみ込む。

何をされるのかと思ったが、

「失礼」

と、今日子さんはむき出しにした右足をひょいっと振り上げて、アキレス腱《けん》の辺りを、僕の左肩の上に載せた。

バレリーナみたいな動作だった。

しゃがんだと言っても、そこは僕の身体なので、肩もそれなりの高さなのだが……、股関節《こかんせつ》の柔らかさも、バレリーナ級らしい。

はしたなさで言えば、柵を乗り越えるよりもよっぽどはしたない構図だったけれど、足の根本までからげておきながら、きっちり押さえたスカートで下着は見せないという手腕は、ぎりぎり上品さを保っていると言えなくもない。

奇抜過《きばつ》ぎて、怒りの表明なのかなんなのか、よくわからない行動だったが、ともあれ、さながらY字バランスのように、そうやって右足を高くあげたまま固定することで、今日子さんの内太股は外界に晒された――今日子さんの反応があまりに鈍かったので、あれは僕の見間違いだったのかとさえ思い始めていたけれど、あにはからんや、そこには昼間見た通り、今日子さん自身の筆跡で、『自殺じゃなかったとしたら？』と書かれていた。

的外れなことを言ったわけではなかったことに、僕は大層ほっとしたけれど、しかし今日子さんはと言うと、自分の肌であり、自分の手跡なのに、「え？　え？」と、めちゃくちゃびっくりしているようだった。

どうして自分の足に、そんなメモが書かれているのか、心当たりがまったくないと言わんばかりだ――珍しく、あたふたした口調で訊いてくる。

「な、なんですか、これ？　厄介さんが書いたんですか？」

「む、無茶を言わないでください」

筆跡のことを棚に上げても、今日子さんに気付かれないように、こんなところに字を書くのは不可能だ。

「で、ではいったい何者が……」

「何者って……今日子さんが書いたんでしょう？　ほら、今日子さんって、いざというときのために、自分の身体にメモを取ったりするじゃないですか……」

僕はつい最近まで知らなかったことだが、忘却探偵としては、秘密にしているというほどのことではない——いつ記憶を失うかわからないという不安定感もある今日子さんにとっては、むしろ必然の行動なのだから。

「でも私、こんなこと、書いてないですよ。私、遺言少女が自殺じゃないかもしれないなんて、一度も考えてないんですから」

「そ、そうなんですか……？」

てっきり、昼間、このビルで別行動を取っている間に、今日子さんが誰かにペンを借りて書いたんだと思っていたけれど……。

書いたことを忘れている？

いや、少なくとも病室で僕と会ってから、今日子さんの記憶は一貫している——電車の中で危うい気配もあったけれど、結局、一度も眠ってはいない。

予習した内容も、調査した内容も、忘れていない——別行動を取っている間に寝てしまったなんてことも考えられない。

じゃあ、これはいったい、どういうことになるんだ？

忘却探偵に何度も依頼しておきながら、初めて体験するこの展開に、僕がどうしよう

もなく混乱していると、

「あ」

と、そこは今日子さんが、探偵としてさすがの推理力を発揮して、ことの真相に辿りついた――否。

忘却探偵として、こんな不覚はなかっただろう。

「これ、ひょっとしたら、前の事件の……？」

4

昨日、今日子さんが、どんな事件を解決して来たのか、僕は知らない――ただし、本人の言とは裏腹にやや寝不足気味だった様子から判断するに、かなりの難事件に当たっていたんじゃないかと推測できる。

夜が深くなれば、うっかり眠ってしまって、記憶を失うリスクも増すわけで――今回の事件とは違い、肌にメモを取る展開があっただろう。

そのメモが役に立ったかどうかはともかく、当然、事件が解決すれば、用済みとなったメモは、バスルームで洗い流されることになるだろうけれど――しかし、書かれたメモの位置によっては、万に一つ、そのメモが翌日に持ち越されることもあるかもしれない。

『自殺じゃなかったとしたら？』

……意味が通らないのも当然だ。

このメモは、昨日の今日子さんが、昨日の事件を解決するために残したメモだったのだから——ゆえにもちろん、遺言少女はおろか、今回の事件全般についても、一切関係がない……。

「一生の不覚です……恥ずかしい」

そう言って、今日子さんは片手で、白髪頭を抱えるようにした。

守秘義務厳守の忘却探偵として、別の事件のメモを、翌日まで残してしまうなんて、彼女の中ではあってはならないことなのだろう——むろん、備忘録を残す際にも用心はなされているので、『自殺じゃなかったとしたら？』という、端的なこの文面だけ読んでも、昨日の事件の概要なんて探りようもないのだが、タクシーに乗ることも、ＩＣカードを使うことも避けている今日子さんにしてみれば、そういう問題ではないのだろう。

「こ、こんな見えにくい場所に書かれていたら、消し損ねるのも無理ありませんよ」

と、僕は何の慰めにもならないコメントを出した。

本人から見えにくい場所が、今僕の、文字通り目の前にあるのだと思うと、奇妙な気分になってしまうが。

「ああ、もう……恥ずかしいなあ」

本当に恥じているのだろう、素になった風に、今日子さんは言う——気持ちはわかるが、そろそろ、足を高くあげたこのポーズのほうを、恥ずかしがったほうがいいと思う。

不覚は不覚にしても、大事はなかったわけだし……。

「そうですね。見られたのが厄介さんでよかったです」

どきっとするような、そんなことを言ったかと思うと（むろん、事務所の信用問題に関わるような、直接の依頼人に見られたのでなくてよかったという意味だろう）、今日子さんは頭に添えていた手を離して、

「厄介さん。これで拭《ふ》いてくださいますか？」

と、漆黒のセーラー服のいったいどこに収納があったのか、アルコール除菌シートのパックを、僕に手渡した。

「証拠隠滅をお願いします」

「は、はい」

丁寧ながらも有無を言わせぬ口調だったので、ここは引き受けざるを得なかった——まあ、自分では拭きづらい位置だから、こうして残ってしまっているわけだし、無理矢

理自分で拭こうとすれば、スカートが揺れて、下着が見えてしまう恐れもある。

肌に字を書くためのペンは持っていなくとも、肌に書かれた字を消すためのツールは持ち歩いている辺りは、忘却探偵らしい用心と言うべきか……、そんなことを考えつつ、僕は渡されたパックから、除菌シートを一枚取り出す。

そう言えば、今日子さんの肌に書かれたメモを消すのは、これで何度目になるだろうか……、たとえ何度目であろうと、今日子さんにとっては、これが初めてのことになるのだが。

「ああもう、本当、恥ずかしいなあ……、厄介さん、お願いですから、私の内太股を拭いたなんて、誰にも言わないでくださいね」

言われるまでもなく、誰にも言えない。

恥ずかしいと思うポイントが、だから、違う——片足を高くあげた今日子さんはセーラー服だし、かしずいている僕は腕と足を骨折しているし、相当謎めいた、倒錯気味の絵面《えづら》になっていることを思うと、さっさと終わらせてしまうに越したことはない。

「はーあ。厄介さんに買っていただいた服に着替えるときにでも、他に消し漏らしがないかどうか、チェックしないといけません」

「そうですね……」

そんな風に応じつつも、結局のところ、遺言少女が自殺ではない可能性というのは、僕の早とちりと言うか、ただの勘違いでしかなかったという事実に、僕は落胆せずにはいられなかった。

事件現場で発見したただの落書きを、重要な手がかりと思い込み、解読しようとしていたようなものだ――つくづく、探偵役にはなれそうもない。

だとすれば、手詰まりの状況は決定的で、もう残り時間は、阜本先生を言いくるめる方法を考えるために使うしかないのかもしれなかった――するとネックになるのは、今日子さんは阜本先生を激怒させているという点だ。とても、冷静に話ができるとは思えなかった――ある意味今日子さんの自業自得《じごうじとく》ではあるのだが、本当、何が災いするかわからない……。

「あっ！」

と。

本人の手も届きにくいデリケートな部位に書かれた文字をぬぐおうと言うときなのに、気もそぞろになっていたからか、そこで今日子さんが、そんな声をあげた――慌てて僕は、

「す、すいません。ごめんなさい」

と、ひたすら謝りつつ手を離す。

力が入り過ぎてしまったか？

なにぶん片手しか、それも左手しか使えないから、どうにも加減が難しい……、だけど今日子さんは、

「謝らないでください。いえむしろ誇ってください」

と、わけのわからないことを言った。

見れば、さっきまであれほど、己の失点を恥じていたはずの表情を、彼女は爛々《らんらん》と輝かせていた。

「ありがとうございます、厄介さん！」

そんな風に、笑顔でお礼まで言ってくる。

片足をあげているのも、こうなると、一人でラインダンスを踊っているようでもある

——な、何があった？　いったいどういう心境の変化だ？

「あ、あの……、今日子さん？」

「『自殺じゃなかったとしたら』——それ、それ、それな！　そんな可能性、考えもしませんでした——でも！」

人目もはばからないハイテンションで、そう叫ぶ今日子さん——『自殺じゃなかったとしたら』？

そのメッセージは、なんであれ昨日の事件に関するものであって、今日の事件には何の関係もないものだったはずでは？

関係があると思っていたのは僕の誤解であり、今日子さんは、その通り、今日子さんは一度もそんな可能性を考慮していなかった——考慮していなかった？

考えもしなかった——そうだ。

つまり決して、検証して却下したわけじゃあ、ないんだ——そして今、初めてその検証をしたのである。

「今日子さん——じゃあ」

「はい。そうなんです、厄介さん。遺言少女の自殺は、自殺じゃあありません——いえ、まだ思いつきで、詰めなければいけませんが、恐らくはこの線で間違いないでしょう」

確信的に言う忘却探偵。

それこそ、さっきその線を、言下に否定したことなど、忘れてしまったかのような豹変ぶりだ——あってはならない消し忘れがあったことについての落ち込みも、今となってはまったく感じさせない。今日子さんらしいと言えば今日子さんらしい現金さだし、僕としても、今日子さんが潑剌《はつらつ》としていてくれたほうが嬉しいけれど。

僕のただの勘違いが事件の解決に寄与したというのは、なんだか気恥ずかしいばかりだが、となると、あとは時間との戦いだった。

推理を詰めるための時間……、今日子さんが、何やら得たらしい発想の確からしさを、より詳細に、検証しなければならない。

自殺でないとなれば、尚更である。

殺人事件だとすると、これまでと調査の方針が、まるっきり変わってしまうのだから
——いちから捜査をやり直すようなものなのだ。

これはさすがに時間が足りな過ぎるのでは……。

「タイムリミットは、夜十時でしたね。作創社までの移動時間を考えると、残り時間は二時間半と言ったところでしょうか。ふう……、こうなると、悩ましいですねえ」

と、今日子さん。

そうだな……、最速の探偵と言えど、ここはもう、潔く制限時間の延長を申し入れるしかないだろう。昨日の事件に苦戦しただろうことを思うと、今日の今日子さんは、あまり夜更かしはできないだろうが……。

しかし、今日子さんが『悩ましいですねえ』と言ったのは、そういう意味ではなかった。

「悩ましいですねえ——余らせてしまった時間を、いったい何に使ったものでしょう」

「え?」

「卑劣《ひれつ》な口止め工作でも、してようかな?」

ご機嫌そうにそう言ったかと思うと、今日子さんはスカートを押さえていた手をそっ

と離し、そのまま僕の右腕の、骨折部位に触れた。

「他に書き残しがないか、厄介さんが調べてくださる？」

第八章　質問する隠館厄介

1

　そして午後十時、僕と今日子さんは、再び、作創社の会議室のテーブルについていた――ただし、中間報告のときと様相が違うのは、漫画家の皐本舜先生と、彼の直接の担当である編集者・取村さんが同席していないことだ。

　昼間、作品を批判した今日子さんに対して、そこまで怒っているのだろうかと気を揉んだけれど、そういうことではなく（それもあるだろうが）、あれから取りかかった仕事が押しているそうだ。

　約束と言うか、締め切りを破っている状態で、漫画家にあるまじき状態ではあるけれど、裏を返せばそれほど原稿に熱中しているとも言えて、彼に引退宣言を撤回させたい雑誌編集長・紺藤さんとしては、願ってもない欠席だろう――そんなわけで、忘却探偵による解決編のギャラリーは、僕と紺藤さんの、たった二人ということになった。

　一同集めてさてと言うには、あまりに甲斐がないことである――推理小説には、悪事を指摘されるかもしれない犯人が、呼び出しに応じて解決編に同席するはずがない、なんて突っ込みが付き物だけれど、まあ、誰も彼もが多忙を極める現代社会においては、それ以前に『一同を集める』ことそのものが、難しいようだ。

「あれ？　掟上さん、着替えました？」

紺藤さんが驚いたように言う。

言われた今日子さんの格好は、ぴったりとしたドット柄のシャツに丈の長いニットカーディガン、ロングでハイウエストな透け感スカートに、黒いストッキングというものだった――僕のセンスと言うか、ノーセンスと言うか。

ストッキングの色は明らかにセーラー服に引っ張られているし、シャツに至っては、ファッションでぴったりしているのではなく、サイズが合わなかっただけである。

それでもセーラー服よりはマシと思ったのか、今日子さんは文句を言うでもなく、むしろ「素敵ですね」なんて言ってくれて、着せ替え人形になってくれたのだった――しっかり着こなしてしまうあたりは、さすがである。

「はい。着替えさせていただきました」

と、今日子さんは際どい言い回しをする。

二度ほど、とは、言わなかったが。

セーラー服姿の今日子さんを見ていたら、紳士の紺藤さんが、どんなコメントを出していたのか、気にならなくはなかったが……、何が正解だったのか、教えて欲しい。

「ご安心ください、推理のほうは、きちんと終えていますから——きっと、ご期待に添えるに違いないと思っていますよ」

「それはよかった」

むろん、紺藤さんとて、忘却探偵が職務を放棄して、ファッションに興じていたとは考えていなかっただろうけれど、今日子さんが押したその太鼓判に、明らかにほっとしたようだった。

なにぶん編集長の身だ、他にも仕事を抱えながら、この件にあたっているのだ——紺藤さんの心労たるや相当なものだろうし、解決の見通しが立ったと聞かされれば、そりゃあ胸をなで下ろしもするだろう。

ご同慶《どうけい》の至りではあるのだが、ただし、仲介者の僕としては、まだ一抹《いちまつ》の不安をぬぐいきれなかった——二度手間になるからと、またしても僕は何も聞かされないままに、この会議室に同席しているのである。

繰り返すまでもなく、僕はこれまで何度も、今日子さんに窮地を救われている身である、忘却探偵の推理力に疑問を持つ者ではないのだが、しかし今回は、僕の的外れな勘違いが基礎工事となって、彼女の推理は完成している。

どころか、あの屋上で何らかの気付きを得て以降、彼女は追加調査さえしていないのだ――事実上、今日子さんの探偵活動は、あそこで終了してしまったのである。

だからその点がとても怖い――昼食を抜いた僕達だけれど、晩ご飯はゆっくり食べる余裕があってよかった、なんて話じゃあない。怖いと言うより、後ろめたくさえある。今日子さんがどうして、そんなに堂々としていられるのか、不思議なくらいだった。

「では、急《せ》かすようで申し訳ありませんが、掟上さん。早速、聞かせていただけますでしょうか。彼女……遺言少女は、本当のところ、どういう理由で自殺に及んだのでしょう？　皐本先生の作品が原因でないのだとすれば――それとも、調査の結果、やはり『チチェローネ』が原因だったのでしょうか」

それならそれで受け入れるという覚悟を感じさせる口調で、紺藤さんは、前のめりの姿勢で言う――対する今日子さんは、澄ました顔で、

「まあまあ。落ち着いてくださいな」

と、出された飲み物に口をつける。

もっとも、それは頼んで出してもらった濃い目のブラックコーヒーなので、今日子さんは今日子さんなりに、意識をしゃっきりさせてから、解決編に臨もうとしているのかもしれない。

自殺未遂ではなく、殺人未遂。

事件性が増すとも言えるし、より大事になるとも言える。

たとえ、それが真実だとしても、紺藤さん（や、僕）を説得できる形で、そんな推理を提示できるのかどうか……、探偵の腕の見せどころでもあった。

「紺藤さん。自殺の理由ばかりが気がかりなご様子ですが、どうでしょう、たとえばこんな風に考えたことはありませんか──遺言少女の飛び降りが、もしも自殺じゃなかったとしたら？」

まずは忘却探偵は、誰よりも彼女自身が考えもしていなかった『もしも』を、図太くも提出した。

そして謎解きが始まる。

分析を嫌う遺言少女が、ついに読み解かれる。

2

「じ、自殺じゃなかったとしたら……ですか？」

「はい。私は早い段階から、その可能性について考えていました」

虚言《きょげん》から入るのは、はらはらするからやめて欲しい。

僕の口の堅さを信用し過ぎだ。

まあ、強引に解釈すれば、依頼を受注する前の昨日の時点から、そう考えていたと言えなくもないけれど……、昨日の今日子さんの考えなんて、もう誰にもわからないわけだし。

「遺書があって、靴が並んでいた。そして少女が落下した──なるほど、確かにそれらだけをピックアップすれば、飛び降り自殺に他ならないように観測されますが、しかし、必ずしもそうとばかりは限らないのです」

「と言うことは……掟上さんは、これが殺人事件だと仰るのですか？」

素直に驚く紺藤さん。

今日子さんの発想にも驚いているのだろうが（そこは誤解だが）、その意外性のある可能性に、かなり虚を突かれたらしかった。

「はい。仰るのです。まさしく、私が最初に考えた通りでした」

どれだけ強気に嘘をつくのだ。

ひょっとすると、隣で冷や冷やする僕の心境を、楽しんでいるのかもしれない。

「さすが最速の探偵、というわけですね……」

紺藤さんの中で、今日子さんの評価がまたひとつ上がったようだけれど、これは嘘で上がっているので、仲介者として、こんなに心苦しいことはない。

「しかし、お言葉ですが掟上さん。自殺か殺人かという点については、事件当初の段階で、警察が十分に捜査しているのではないですか？　私のところに来た刑事さん達も、自殺以外の可能性は、まったく考えていないようでしたが……」

それは、他ならぬ今日子さん自身もそう言っていた。

僕はそこまで考えが及ばず、ただただ今日子さんの足に残っていたメッセージを鵜呑みにしてしまったけれど、紺藤さんはすぐに、そう疑問を抱いたらしい。

その調子で、彼は今日子さんの見栄も暴いてしまうのではないかと、僕は内心ぶるぶるである。

「それとも掟上さん、警察の科学捜査も欺くような狡猾《こうかつ》な犯人が、この事件の影にはいたのですか？」

「狡猾……ええ、狡猾と言うなら狡猾ですね」

とことん堂々としていた今日子さんが、ここではやや歯切れ悪く、そんな風に頷いた。

「ただし、浅薄と言うなら浅薄です。少なくとも、そのおこないを高く評価することはできませんね」

「？　まあ、私も、殺人犯……、殺人未遂犯ですか、殺人未遂犯を評価するつもりなんて、毛頭ありませんが……」

紺藤さんは不思議そうに言う。

そもそも『狡猾』は誉め言葉ではないだろう——しかし『浅薄』までいくと、明確に卑下しているように聞こえる。

当然、十二歳の子供を殺そうとしたというだけで、十分卑下には値するわけだが、相手が犯人であろうとも、そんな表現は今日子さんらしくないとも思う。

今日子さんは、

「この形になったのには偶然の要素も多いですし、それに、犯人の思い通りにことが進んだとも言えません――むしろ、犯行計画は完全に失敗しています」

と、更に手厳しいことを言った。

そりゃあまあ、ビルから転落はしたものの、遺言少女は死ななかったわけだから……、犯人の目論見が外れていることは確かだろう。しかし、だったら、犯人にとっての『成功』がなんだったのかが、俄然《がぜん》気になってくる。

遺言少女の落下点に、僕が通りかかったのも偶然の要素と言うか、かなり予定外の出来事だったろうし……、ならばどういう形になっていれば、犯人の思い通りだったのだろう？

そして、そもそも――犯人とは、誰なのだ？

僕が知っている人物なのか？

調査中に出会っている？

これまでこの会議室内では、一貫して拝聴するばかりだった僕だが、ついにこらえき

れず、

「教えてください、今日子さん」

と、沈黙を破って、質問する。

「遺言少女を殺そうとしたのは、いったい誰なんですか？」

「遺言少女が殺そうとしたのは、いったい誰なんですかと、正しくはそう問うべきでしょうね」

今日子さんは答えた。

「だって、彼女が犯人なのですから」

3

混乱する——どういう意味だ？

遺言少女が犯人？

それでは結局、自殺ということなのでは？

単なる言いかたの問題であって——いや、違う。

殺そうとしたのは、いったい誰？　だって？

「じゃ、じゃあ掟上さん——遺言少女は、厄介を殺そうとしたって言うんですか!?　たまたまじゃあなく、狙って、厄介の上に落ちてきたのだと!?」

今日子さんのほのめかしに、紺藤さんは、僕よりも早くその答に辿りついた。彼らしからぬ、大いに取り乱した大声だったが、もちろん、僕のほうがびっくりしている——大声にびっくりしたわけではなく。

狙われた？　僕が？

自殺じゃあなくて、殺人事件——それは。

遺言少女が突き落とされたという意味ではなく、遺言少女が、僕を殺すために飛び降りたという意味だったのか？

落下点にいた僕が、少女を殺そうとしていたなんて、根拠のない言説がマスコミを賑わわせていたけれど……、実際は、逆だったたって？

「いえ。狙われたのは隠館さんではありません」

驚愕《きょうがく》のただ中にある僕と紺藤さんに対して、今日子さんは、落ち着いたものだった——僕を『厄介さん』ではなく『隠館さん』と言ったのは、紺藤さんの前だからだろう。

「そこが失敗であり、偶然の要素です。端的に言えば、人違いですね」

「…………？」

人違い？

人違いで殺されてはたまったものじゃないが……、それに、遺書の話はどうなった？遺言少女の狙いがまったく見えてこない……、飛び降りる場所を、あの雑居ビルにした理由もだ。

「他のどこでもなく、あの雑居ビルが身投げの場所として選ばれた理由は、そこが厄介さんの職場だったからですよ」

と、今日子さん。

ん……、ああ、僕が狙われたとするなら、理由はそれでいいのか？　遺言少女は、死に場所を求めていたわけじゃあないのだから──五階建てのビルでも六階建てのビルでもなく、十階建てのビルでも学校の校舎でもなく、高さなんて関係なく、七階建てのあの雑居ビルでなければならなかった。

ビルから出てくる僕を狙うためには──でも、さっき、人違いって……。

「そもそも、ビルの屋上からの体当たりで人を殺そうとするなんて、方法として雑過ぎるでしょう。実際それで、彼女は今、死にかけているわけですし──」

やや落ち着いたらしい紺藤さんが、そう言うと、これに対して今日子さんは、

「雑ではありませんよ。複雑ではありますが」

と答えた。

「たまたま自殺志願者の落下点に、通行人がいたというよりも、落下点に入った通行人

を目がけて、意図的にダイブした殺人志願者がいたと考えたほうが、現象としては成立しやすいでしょう？」

道を歩いていれば、隕石《いんせき》が頭を直撃する可能性は、どうしたって消しきれない——偶然、頭上から亀が落ちてくる可能性だってあるだろう。

だけどそんな偶然が成立する確率よりも、照準を合わせられる分だけ、人間が人間を狙って自ら落下する成功率のほうが、高いはずだ。

警察の科学捜査も、それなら意味をなさない。

起こったこと自体は——遺言少女がおこなったこと自体は、屋上からの身投げとなんら変わらないそれなのだから。

内心が違うだけで、行為は同じ。

屋上に他の人間がいたわけでも、誰かと争ったわけでもない——まして現場には、遺書と、揃えられた靴まであったのだから。

それらを用意したのも、彼女自身……？

いや、しかし、信じがたい。納得できない。

そんな体当たり、自分が助かる保証もないのに——どころか、死ぬ公算のほうがよっぽど高い。殺意があったとしても、ほとんど心中みたいなものじゃないか。

「訊きたいことが……、いや、訊かなければならないことがあり過ぎて、何から質問すればいいのか、わかりませんが……」

紺藤さんは慎重に、数ある質問を吟味《ぎんみ》するようにしながら、今日子さんに向かう。

「掟上さん。人違いっていうのがどういうことなのか、最初に教えていただけますか？ 厄介を殺そうとしたんじゃないとすれば、遺言少女は、いったい誰を殺そうとしたんですか？」

この状況で、まず僕のことから訊いてくれるあたり、紺藤さんの人柄が如実《にょじつ》に出ている……そしてそれは、自分のことだというのを差し引いても、僕も知りたい疑問だった。

だいたい、僕のような巨体の男を、どうやって誰かと間違うのかという話だ――だから と言って、十二歳の少女から、命を狙われる心当たりはない。

『誰でもよかった』の対象にされたのだとすればぞっとするが、そういうわけでもなさそうだった――だとしたら？

「身長の高さは、この場合、問題ではありませんよ――ビルの屋上、すなわち、真上からの視点では、目印になりませんから」

ああ、そうか。そんな話もした。

あのときは、落下先のクッションとしてどうか、みたいな流れだったけれど……。

「身長は目印にならない――では、何ならば、目印になると思いますか？ 体当たりを目論むというのは、想像しづらいでしょうから……、たとえば、道を歩く私を狙って、屋上からものを落としてぶつけようとしたなら、何を目印にします？」

「――ええと、それは」

人間を真上の角度から見ること自体、そうあることじゃないのだ――まして、七階分の距離があれば、個人の判別なんて、不可能じゃないのか？

では、やっぱり遺言少女は『誰でもよかった』のか？　いや、しかし、今日子さんに限って言うなら――

「そう。この白髪を目印にしますよね。真上からですから、むしろ、それしか基準はありません」

「……で、でも、それって、確実な基準にはならなくないですか？」

今日子さんの若さで総白髪というのは目立つから、そりゃあ目印にはなるだろうけれど、しかし、五十代六十代の通行人まで含めれば、総白髪の人間なんて珍しくない。

「ええ。白髪だけを基準にしたら、人違いをしちゃいかねませんよね――その日、借り物の傘をさしていた隠館さんが、古書店『真相堂』の店主さんと間違われたように」

4

雑居ビルを選んだ理由。そして雨の日を選んだ理由。

今日子さんと違って、僕は特徴的なヘアスタイルをしているわけではない——だから、身長の区別がつかない上空からでは、隠館厄介という個人を特定することは難しい。雨が降っていて、そして『借り物』の傘をさしていたなら、その事実をもって逆説的に、遺言少女が狙ったのは僕ではないと、今日子さんがそう推理したのは、まあわかるし、わかりやすい。

その日が雨だったという話はしたから、僕が傘をさしていたことは当然予想できるとしても、でも、どうして、その傘が『借り物』で、また、貸し主が、『真相堂』の店主だと、今日子さんにはわかったのだ？

「え？　だって、隠館さん、仰っていたじゃないですか。古書店を退職するにあたって、エプロンやら傘やらは今度返しますって、店主に約束したって……だから、突然雨が降ってきたという帰路に傘をさしていたのだとしたら、それは店主さんからの借り物だったんじゃないかと思ったんですけれど——違いました？」

違——わない。

突然の雨だったから、あの日、僕は、傘を持っていなくて——だから店主から、店の傘を借りて、帰ろうとした。言葉の端々《はしばし》から、僕も気付いていないような証言を掬《すく》い取られていた——よくもまあ、僕なんかの退職エピソードを、そんなちゃんと聞いていてくれたものだ。

広げた傘で頭上が見えにくかったから、落下してくる少女に気付かなかったとも言える僕だが――その傘こそが、僕を狙うマークポイントだった。自分はやんでから帰るからと、無愛想《ぶあいそう》な店主がぶっきらぼうに貸してくれた傘――普段、店主が使っている、店の名前の入った傘だった。

あまりいい職場体験をしてきていない僕としては、そんな気遣いをありがたく、そして嬉しく思ったものだったが……、まさかそれが、骨折の原因になろうとは。

「傘がクッションになったから、遺言少女も隠館さんも、二人共助かったという見方もできますよね」

それはそうかもしれない――もちろん、その際、僕の骨のみならず傘の骨も折れていたが、いい傘だったから、修繕して返すつもりだったのだ――いや、でも、本当なのか？

やっぱり、にわかには信じられない。

いくら確率が低いとは言っても、それでもまだ、不運にも飛び降り自殺に巻き込まれたのだと思うほうが、もっともらしい――だいたい、少女がどうして、店主を殺そうとするのだ？

「それはわかりません。なんらかのトラブルがあったのではないかと予想はできますが、店主さんと遺言少女、双方から……、少なくとも片方から、お話を聞いてみない限りは――でも、この場に限って言えば、その動機は、何であろうと一緒ではありませんか？」

「い、一緒？」

「私が紺藤さんから受注した依頼の内容は、遺言少女の自殺未遂の、真相です――十二歳の少女の、飛び降り自殺の真の動機です。でも、殺人未遂事件ということになれば、イコールで自殺そのものがなかったことになるんですから、それ以上、調査を進める必要はないでしょう？　自殺を美しく描いた阜本先生の読切作品『チチェローネ』は、まったく関係ないと、立証されたようなものなんですから」

「…………」

それは、まあ――そうなのか。

『チチェローネ』は、自殺の物語であり、殺人の物語ではない。

ならば、影響を受けたわけではないのは明白だ――たぶん、言っていた、『名前を利用されただけ』というパターンだったのだろう。『真の動機を隠すため』ではなく、『殺人を隠すため』の隠れ蓑《みの》だったにせよ。

だけど、それではあまりに消化不良というものだ。たとえそれが真実であっても、僕や紺藤さんはまだしも、阜本先生が納得してくれるとは思いにくい。

今日子さんも、そんな都合がわからない人でもないらしく、

「どうして遺言少女が、こんな方法を選んだのか、それについての勝手な分析は可能ですけれどね」

と、そう付け足した。

「もしもご要望があるようでしたら、順を追って、いったい何があったのか、私が思う事件の裏側というものを、説明してみてもいいんですが。つまり、遺言少女が、何をしたかったのか、何をするつもりだったのか——そしてどんな失敗をしたのかを」

「是非ともお願いします」

紺藤さんと僕の声が揃う。

ここまで来て、ここまでで終わりでは、生殺しにもほどがある。

「それでは、手短に」

と、今日子さんは語り始めた。

「ある少女が、ある人物に、強い殺意を抱いたとします。それはもう、強い強い殺意です——殺意の具体的な内容については、繰り返しになりますが、これは当事者に聞くしかないでしょう。そうと定めて周辺に事情聴取をすれば、それなりの、それっぽい動機というのは見えて来るかもしれません」

そんな簡単に言うほど、簡単にわかりそうなことでもない。

ただ、個人の行為として完結してしまう自殺と違って、周辺に拡散していく殺人ならば、その根源を探る難易度は格段に下がるのかもしれない。

更に言うなら、その動機を探ることには、あまり意味がないという考えかたもある――僕はあまり好きな考えかたではないのだけれど、僕が頼る探偵の中には、『俺は魅力的な謎さえ解ければそれでいい。犯人の動機になんて興味はない』と言い切る名探偵もいる。非人間的なようでもあるし、実際、彼はとても冷たいのだろうけれど、だけれど、『魅力的な謎』を解いたくらいで、わかったような顔をして、犯人にくどくど説教を始める名探偵のほうが、だったら人間味あふれているのかと言えば、そんなことはないだろう。

人は、どんな理由で自殺してもおかしくないように、人は、どんな理由で殺そうとしても、あるいは殺されても、おかしくはない――いいだろう、そこは一旦呑み込もう。

遺言少女は店主を殺そうとした。

子供らしい強い殺意をもって。

だから、ここで今日子さんに教えて欲しいのは、殺そうとした理由ではない――殺すために、どうしてこんなもって回った方法をチョイスしたのか、だ。

もって回った、と言うか、危険な、と言うか。

「トリックのためのトリック、じゃあないですけれど……。思いついたからやっちゃった、という感じなんでしょうか？　閉店間際という計ったようなタイミングでいきなり降ってきた雨に、追い立てられるように衝動的に、抱いていた妄想を実行してしまった……」

僕はおずおずと、今日子さんに質問する。

優れた推理小説によく入る、『人一人殺すために、わざわざこんな手間のかかることはしないよ』『普通に夜道で襲って山に埋めたほうが、露見する可能性は低いんじゃない？』というような、愛のある突っ込みに対する解答例だ。

密室を作った理由は、犯人がミステリーマニアだったから。

こじつけのようでいて、案外、リアリティに満ちているようでもある——遺言少女の読書の幅を思うと、彼女は推理小説も読んでいたようだし。

いや、幅ではなく——バランスか。

「確かに、雨さえ降らなければやってなかったかもしれませんが、しかしやまない雨がないのと同様、いつかは雨は降りますからね——隠館さんが仰っているのは、傘という目印があったところで、屋上からのボディアタックで人を殺すなんて、リスクが高過ぎると言うことですよね？　必ずしも命中するとは限らないし、命中しても、確実に殺せるとは言い難い——しかし、少なくとも自分が大怪我をすることは間違いなく、最悪のパターンは、自分だけが命を落とすことになるのですから」

その通りである。

と言うか、現実はほとんど、その最悪のパターンに至っている。

いや、最悪以下でさえある。

不確定な目印を基準に、違う相手にダイブしてしまった挙句、命中こそはしたものの、意識不明の重体になったのは自分だけである――狙われた店主は、自分に殺されそうになったことにさえ、気付いていないだろう。

悲惨な結果だし、間抜けでもあるだろう。

巻き添えを食っただけの僕でも、やってられないと思う。

それよりは――そうしていればよかったのに、という意味ではなく――、果物ナイフでも持って、仕事帰りの店主を、頭上からではなく、背中から狙っていたほうが、少女の目的はあっさり果たされただろう。

「でも、それだと、確かに殺せるは殺せるでしょうけれど、バレてしまうでしょう?」

「バレてしまう……、捕まってしまう、という意味ですか?」

「いえ、殺そうとしたことが、バレる、という意味です」

「?」

どう違うのだろう。

そりゃあ警察に捕まることを好む犯人なんているわけがないけれども、普通、死ぬよりはマシと考えるはずだ。確かに、彼女がこんな手段を選んだことにより、今の今まで、僕は遺言少女が店主を——どころか、誤射された僕をだって、意図的に殺そうとしていたのだというような可能性には、思い至っていなかったけれど。

「自分の命を、文字通り投げ打つような、考えられない方法を選んだからこそ——」

と、紺藤さんは、自分に言い聞かせるように、なんとか自分を納得させようとするように、言った。

「今のところ、彼女の抱いていた殺意が、露見することはなかった……ということであり、その隠蔽は、彼女にとっては、目論見通りだったということなんですね？」

「厳密に言えば、もしも狙い通りに、遺言少女が店主さんに向けて落下していたなら、動機や目論見は、とっくの昔に、公の下に晒されていたんじゃないかと思います。隠館さんという、まったくの第三者が、間違って被害を受けてしまったから、偶然度が増してしまった。『たまたま通りかかった通行人』との繋がりが見つからず、不幸な事故なんじゃないかと、そう理解されやすくなったわけです」

今日子さんはそんな風には言わなかったけれど、『たまたま通りかかった通行人』の冤罪体質が、少女に利したというのも、当然、あるのだろう——何かと怪しい彼、つまり僕に疑いの目が向いたことで、少女の行為から、誰も殺意は汲《く》み取れなかった。

それは——忘却探偵でさえもだ。

もしも、『昨日の今日子さん』の、メモを消し忘れるという、あってはならないケアレスミスがなければ、『自殺じゃなかったとしたら？』という可能性は、想定されさえしなかっただろう。

『巻き添えの被害者』である僕に、まったく心当たりがなかったから、殺意は読み取れなかったし――作為も感じ取れなかった。

その意味では、少女は偶然に助けられているのだけれど、ただ、それは別に、ラッキーでもなんでもない、それはそれでミステイクでしかない。

命を賭した目的は何も達成されていないのだから――

「……しかし、掟上さんの言いかただと、遺言少女は、警察につかまることよりも、殺意があったことのほうを、隠したかったようですよね？　事故を装おうとしたと言うのか……」

紺藤さんのその指摘は、卓見《たっけん》と言うべきだろう。

だって、今は意識不明の状態だから、誰もそんな風には言わないし、言いにくい空気が出来上がっているけれども、もしも回復したなら、彼女は、それはそれで、他人を巻き添えにした責任を問われることになる。

十二歳なら刑事責任は問われないにしても、しかし、第三者を己の自殺未遂の巻き添えにしたという事実は、一生、ついて回ることになる――道義的責任、そして社会的制裁と言う奴だ。

……そうか。

彼女は行為ではなく、殺意を隠蔽しようとしたんだ――つまり。

「分析されることを、病的に嫌う女の子だったようです」

と、今日子さんは言う。

その情報は、彼女が女子中学生に弄ばれるという屈辱を経験してまで仕入れてきたものだ――少女は本を読むにあたり、いちいち迷彩を施すような少女だった。

「自分のことを、勝手に語られるのを嫌う――だから、自分の好きなものが何かを隠し、たとえ嫌いなものにもあえて接する。バランスを取っている、と、そう評されていました。実際、そうだったのでしょう――殺そうとしているなんて思われたくないから、自殺を装った。真の動機を探られたくないから、遺書を書いた――偽の遺書を」

ここで改めて言うことでもありませんけれど、当然ながら、遺書に書かれた動機は、迷彩ですよね――と、今日子さん。

そうだ。

皐本先生は、僕と同じく、少女の殺意の巻き添えを食らった――いや、僕は計算違いの巻き添えだけれど、皐本先生は有名人であるがゆえに、計算ずくで巻き添えを食らったのである。

「……そういう風に作品名を使用……、悪用したということは、遺言少女にとっては、

『チチェローネ』は、好きな作品ではなかったということなんですね」

それを阜本先生にどう報告したものかを苦悩するように、紺藤さんは今日子さんに確認する。

今日子さんは、その点、言葉を重ねるまでもないと思ったのか、無言で頷いただけだった——阜本先生が無関係であることを念押ししたような形ではあるが、手放しで喜べる話でもない。

迷彩に使われた、ということは、ほとんど、使い捨てにされたも同然だ——いい悪いという評価はともかくとして、作者や編集者にとって、世に出した作品をそんな風に扱われて、いい気分になれるはずもない。

自作の影響で子供が自殺した、というのとは、まったく別の意味で、漫画家が引退してしまってもおかしくないくらい、極めてショッキングな出来事である。

作品は発表した時点で読者のものであり、どんな風に評価されようとも受け入れるべきで、それで心が折れるようなら最初から物作りなんてしてはならない——なんてのは、素晴らしい志であり、課すべきルールじゃない。

「大丈夫なんじゃないですか? 阜本先生は。私に貶されたとき、あんな風に怒れるくらい、バイタリティあふれるかたなんですから——引退はしないでしょう。できないと思いますよ」

「……そうですか？　まあ、実際には違ったとは言え」

と、やや無責任とも思えるような今日子さんのコメントに、紺藤さんが怪訝そうに、編集者としての見解を述べる。

「自作が読者を、殺してしまうかもしれないという発想を、一度でも抱いてしまったんです――それが今後の作風に、影響を及ぼさないはずがないと思います。萎縮してしまうかもしれない――規制されるまでもなく、自主規制をしてしまうかもしれない。腰が引けて、毒にも薬にもならない教科書通りの漫画しか描けなくなってしまうかもしれない。そうなったらもう、漫画家として、引退したも同じなんじゃないでしょうか」

「自作が読者を、殺してしまうかもしれないという発想を、一度でも抱いてしまったからこそ――皐本先生は創作活動から離れられなくなるでしょう。自作が読者の人生を左右するという『面白さ』を仮想体験してしまった皐本先生は、絶対に引退なんてできませんよ」

それもまた――作家に対する幻想だ。

だけど、現実味のある幻想だった。

面白いから漫画家になって、面白くなくなったら引退すると言っていた皐本先生だけれど――倫理観や道徳観を吹っ飛ばして考えれば、今回の体験が、彼にとって面白くなかったはずがないのだから。

人の命さえ奪いかねないような絶対的な影響力が、自分の作品にはあるのだという危うい妄想は、悪夢ではあるが、ならば夢でもあるのだろう──物語は、人を生かしも殺しもするという夢。

その夢がなければ。

誰も物語を、読みも作りもするまい。

「……まあ、させませんけどね。引退も、萎縮も」

どこまで今日子さんの意見に共感したのかはわからなかったけれど、紺藤さんはそう言った──作家のそれとは違うのだろうけれど、それもまた、決意表明だろう。

「掟上さんのお陰で、ぎりぎり、締切に間に合いそうですから。今晩中には、次週分のネームもあがることでしょう」

そのときに、阜本先生には、ことの真相を告げることにします──という紺藤さんに、今日子さんは、

「それはなによりです」

と、頷いてから、「あのう、紺藤さん。おおむね解決編も終わったところで、図々《ずうずう》しいお願いをさせてもらってもいいでしょうか？」と、切り替えるようなことを言った。

？　いつもの今日子さんなら、ここからは支払いについての話になるはずなのに──

図々しいお願い？

「もちろん、構いませんよ。私にできることなら、なんなりと仰ってください」

忘却探偵相手にそういう言いかたはしないが、今回、またしても今日子さんに助けられた紺藤さんが、当然のようにそう請け負う。

「仰ったそのネームと言うのは、『ベリーウェル』の、次週分のネームのことですよね。ええ、昼間に申し上げました通り、私、事件の予習として、最新話まで読ませていただいているんですけれど……、続きが気になるので、そのネームを、帰る前に読ませてもらってもいいですかね？」

完成前のネームを見たいというのだから、本当に図々しい要求だった――だけどこれは、最早仕事のためでもなく、そして明日には忘れてしまうことが確定していると言うのに、それでも今日子さんに、たとえ完成前の状態でも読みたいと思わせるだけの力が、皐本先生の原稿にはあるという事実の現れだった。

それはこの事件において四つ目となる、確実な事実だった。

「……今晩中とは言いましたが、創作活動ですからね。何時になるかはわかりませんよ」

「構いません。最速の探偵も、時には待ちます」

「では、なんとかしましょう」

法外なまでの無茶な頼みごとに、しかし紺藤さんはとても救われたかのように、破顔したのだった。

終章

執筆する隠館厄介

後日、僕の元職場である推理小説専門の古本屋、古書店『真相堂』に、エプロンと傘を返しに行った際、店主から話を聞くことができた。それにより、遺言少女が飛び降りた動機のおおよそのところが見えた。少なくとも、見え隠れした。

否。

遺書がでっち上げだった以上、遺言少女などと、彼女のことをそんな風には、もう呼ぶべきではないのだろう――一人の女子中学生として、きちんと逆瀬坂雅歌とだけ、呼ぶべきだ。

忘却探偵の仕事が完了し、めでたく皐本先生の引退宣言も（むろん、その後もすったもんだがありつつも）撤回された今、今更取り上げるようなことでもないのかもしれないけれど、しかしそれでも、かかわった事件に関して、『動機は不明』でうやむやにしてしまうのは、僕の主義とは反する。

主義ではなく意見――意見ではなく、これも所詮は感想かもしれないが、匿名性の高い少年事件だからと言って、すべてを『心の闇』で片付ければいいというものではないだろう。

闇に光を当てるのは、大人の仕事だ。

現在無職の僕が言っても、説得力はないかもしれないが。

それは、僕が『真相堂』で働き始める前の話になるけれど、逆瀬坂雅歌は、あの店に小学生の頃から、通っていたそうだ——いわゆるお得意様という奴だ。

あんな性格の店主なので、お得意様だろうと常連だろうと、コミュニケーションなんてあったものじゃなかったらしいが——しかし店主は、ビルから飛び降りた少女が、店の客だったことは、最初の時点から知っていたらしい。

逆瀬坂家に不法侵入した今日子さんが仕入れてきた情報の中に、逆瀬坂雅歌の部屋には、本棚がなかったというものがあった。それを、そのときは『本は捨てる派』なのだろうと、僕達は判断したけれど、捨てる以外にも、本には処分する方法がある。

人にあげたり——そして、古本屋に売ったり。

出版社の敵だと、紺藤さんは苦い顔をするかもしれないけれど、小中学生にとっては古本屋の利用は生命線だろう——本を売ったお金で次の本を買うというようなやりくりで、逆瀬坂雅歌は本棚を必要とすることなく、本を読み続けていた。

どんな人生なのだと、そんな風に思わなくもないが。

僕のことを、マスコミに全然喋らなかったのと同様に、彼女を客として知っていたことについても、あの店主は口を閉ざしていたそうだが——それは頑固な経営者のメディア嫌いと言うのがそもそもあるとしても、今時の企業よりもよっぽど、個人情報への配慮がなされているとも言えた。

もっとも、逆瀬坂雅歌に関しては、その配慮が裏目に出た——否、それでもまだ、配慮が足りなかった。

僕が雇われる直前くらいのことだった。

店主にとってはただの気まぐれだったのか、僕に傘を借してくれたときと同じ、不器用な優しさだったのか、それとも、その日の少女の様子に、何か気にかかるところでもあったのか、初めて彼は、来店したその小さな常連客に、

「おい」

と、声をかけたそうだ。

「お前が好きそうな本が入荷したぞ」

……そう言われた逆瀬坂雅歌は、みるみる青ざめて、逃げ出すように店内から駆け出したそうだ。

そのときはわけがわからなかったらしいし、その後も店主には、彼女がなぜ逃げたのかを、本当の意味で理解はできなかったそうだ——単に、店の人間から声をかけられるのが苦手な、シャイな子供だったのだろうと、そんな風に考えて、自分を納得させていたそうだ。

が、名探偵とほぼ丸一日、逆瀬坂雅歌について調査活動をした僕には、すぐに、その理由がわかった。

『どんな本が好きか』を看破されたことが、十二歳の少女にとっては、耐え難いほどに恥ずかしかったのだ――自分がどんな人間で、何を考えて、どういうものが好きなのかを、他人に知られることを、病的なまでに嫌う。

病的なまでに恐れる少女こそが、逆瀬坂雅歌なのだから。

だから、古本屋での購入や、あるいは売却にしても、当然、彼女は迷彩を施していたはずなのに、店主の目は誤魔化せなかった――どんな本を好んでいるのか、当たり前みたいにバレていた。

彼女は分析されるのを嫌がっているようだと看破した、学校図書室の司書さんにしてもそうだが、やはり、プロの前では、そんな迷彩なんて、子供の浅知恵に過ぎないらしい。

だが、それを子供の浅知恵と思うなら、子供のデリケートさに向けても、配慮はあるべきだった――むろん、そんな『いつもの』で通じてしまうようなやりとりを好む客層も多かろうが、世の中には、その逆の層も多いのだ。

逆瀬坂雅歌にとって、心を見られることは、裸を見られるよりも、ずっと屈辱的なことだった。

死にたいくらい。

殺したいくらい。

その子供じみた殺意を散らしてくれる環境が、彼女にはなかったのだろうと今日子さんは言っていた——家族やクラスメイト、担任の先生、誰も彼女を止められなかった。別に、正面から向き合って、語り合う必要なんてなく、たとえば一緒にゲームをするとか、そんなくらいの優しさがあれば、それで終わったような話だったと思うのだが。

だから——飛び降りた。

恥ずかしかったから殺した、なんて思われることも恥ずかしかったから、自殺の振りをした。でも、友達がいないから、家庭に問題があるから、それで自殺したのだと思われるのも恥ずかしかったから、でっち上げの遺書を作った。

漫画の影響で自殺したと思われるのだって恥ずかしいのではというのは、やはり子供心を失った大人の感覚なのだろうし、それに、今日子さんも言っていたが、でっち上げの迷彩を鵜呑みにされる分には、そんなに問題ではなかったのかもしれない。むしろ、体《てい》よく騙せていることが、心地いいくらいだろう。

僕のような人間からすれば、誤解されるほうが嬉しくて、理解されることが屈辱だという感性は、破綻《はたん》しているようにさえ見えるけれど、『理解されない自分』というアイデンティティを大切にしたい十代の気持ちなら、多少は共感できる。

その共感こそを、彼女は嫌うのだが。

裏を返せば、学校で浮いていることや、家庭にある問題は、彼女にとって、十分自殺の理由になりうるものだったという解釈もできそうだが――もっと言えば。

店主を殺すために飛び降りたという殺意のほうがフェイクであって、彼女はずっとあった自殺欲を満たすための口実を、探していただけだったのではないかと、そんな風にも思う。

どんな理由でも、人は人を殺すし、人は自分を殺す。

だとすると、皮肉なものである。

遺書にはっきりとそのタイトルが記されていた、皐本先生の作品だけは、遺書に書かれていたという理由で、多感な少女が飛び降りた理由の候補から除外されると言うのだから。

店主ではなく僕に体当たりを敢行してしまったのは、目印の傘のこともあったにせよ、逃げ出した日の後、あの店に僕が雇われたことを、彼女が知らなかったからというのもあるのだろう――結局、僕のほうが目立って取り上げられてしまったから、逆瀬坂雅歌が書いた遺書は、表に出ることはなかったわけだが。

こうしてみると、今日子さんが評していた以上に、逆瀬坂雅歌の計画は、何一つうまくいっていないと言える――失敗尽くしで、それを計画と言うのもおこがましい。

思春期にも及ばない、デリケートな恥ずかしさが動機だったのだと言えば、なんだか可愛らしくさえあるけれど、だけど、そんな風に理解するのは、少し違う。違うと思う。

だって、もしも彼女の計画が、上首尾に終わっていたケースを想像すると、慄《おのの》きを禁じ得ないのだから——親切心で声をかけただけの店主がわけもわからないままに殺され、そして一人の漫画家の作家生命も絶たれていた。

……自殺も『成功』していたかもしれない。

許されることじゃあない。

謝って済むことじゃあないし、たとえ死んでも、それで償《つぐな》ったことにはならない。

十二歳の少女ならば刑事罰は受けないし、今日子さんによる解決や解釈も、公表されることはない——この事件はそれこそ、闇の中に葬られることになるけれども、しかし、葬られて終わりでは、あまりに救いがないというものだった。

だから、今も集中治療室から出られないままの逆瀬坂雅歌には、絶対に意識を回復して欲しい。死ぬことに失敗して欲しい。そしていつか、好むと好まざるとにかかわらず、僕が書いたこの事件に関する備忘録を読んで、顔から火が出るくらいに、さんざん恥ずかしい思いをしてもらおう。

あっけなく死ぬなんて許さない。

少女には生き恥をかいて——生き続けて欲しい。

そう言えば、紺藤さんからの伝聞によれば、阜本先生は現役継続を決断するにあたって、こんなことを言っていたそうだ。

「事件を起こしたら、自分の好きな漫画に迷惑をかけるかもしれない——そんな風に、たとえ一瞬でも、思いとどまる理由になるような作品を、これからは書いていくつもりだよ」

今日子さんの意見とは違うし、そんな決意表明をもってハッピーエンドとするのは難しいけれど、それはそれで、プロフェッショナルの言葉だろう——むろん、素人の僕にはそこまでの覚悟はないし、まして僕の文章が彼女にいい影響を与えるだなんて、思い上がるつもりはない。拙い文章を読まれるのは汗顔《かんがん》の至りだが、しかしある意味、僕と彼女は、生死を共にした仲だ——お互い、恥ずかしい思いをしよう。

飛び降りを防ぐための方法は、屋上に柵を作ることじゃない。

落ちたら痛いと、ちゃんと教えてあげることなのだ。

付記

私事だが、右腕と右足の二ヵ所にわたる骨折は、事件解決からぴったり二ヵ月後に回復した——筋肉が若干落ちてしまったので、しばらくリハビリは必要だろうけれども、とりあえず、これでようやく、僕は就職活動を再開できるわけだ。

外したギプスを処分しようと片付けていると、そのとき、大腿部に装着していたほうのギプス、その背面に、小さく何やら、文字が書いてあることに気付いた。

『完治おめでとうございます♡』

今日子さんの筆跡だった——ハートマークのそばには、署名代わりなのだろうか、眼鏡の探偵と思しき、キュートなイラストまで描かれていた。なぜかパーツとして、漫画っぽい猫耳が付け足されている。

僕の視点からは見えない箇所にしたためられていた、かようなメッセージは、ハートマークもイラストも、親しみの表現と言うよりは、適切な嫌がらせのようだった。

いつの間に……。

僕は二ヵ月間、気付かないまま、ずっとこの、時限爆弾のような仕返しのメッセージと共に暮らしていたのか……、仕返しをされる覚えはないのだが、そう思うと、苦笑いを禁じ得なかった。

ギプスに落書きなんて、女子中学生のノリだ。

骨折が憧れだと熱っぽく語っていた今日子さんのことを懐かしく思い出しながら、そう言えば、『自殺じゃなかったとしたら？』という、忘却探偵の内太股に書かれていたメッセージは、本当はどんな事件の、何についてのメッセージだったのだろうかと、そんなことが今になって改めて、気になった。

メッセージの内容もさることながら、メッセージの位置だ——こうして書かれてみて初めてわかったが、自分からは見えにくい位置というのは、当然、自分では書きにくい位置でもあって……、だからこそ、今日子さんが、らしくもなく、消し損ねてしまったというのはあったはずで、じゃあいったい、どんな状況下で、今日子さんは内太股に、あのメッセージを書く展開になったのだろう。

もちろん究極の守秘義務に守られた、忘却探偵の『昨日の事件』について、僕が知るすべはないのだが——否。

ないはずだったのだが、しかしこの直後、思いもよらないような意外な奇縁で、僕は今日子さんが、今回の仕事の前日に関わっていた出来事について、知ることになる。
それは罪悪館《ざいあくかん》殺人事件と呼ばれる、風変わりな犯罪だった。

本書は二〇一五年十月、小社より単行本として刊行されました。

|著者| 西尾維新　1981年生まれ。2002年に『クビキリサイクル』で第23回メフィスト賞を受賞し、デビュー。同作に始まる「戯言シリーズ」、初のアニメ化作品となった『化物語』に始まる〈物語〉シリーズ、「美少年シリーズ」など、著書多数。

掟上《おきてがみ》今日子《きょうこ》の遺言書《ゆいごんしょ》

西尾《にしお》維新《いしん》

講談社文庫

定価はカバーに
表示してあります

2020年1月15日第1刷発行

発行者──渡瀬昌彦

発行所──株式会社　講談社

東京都文京区音羽2-12-21　〒112-8001

電話　出版（03）5395-3510

販売（03）5395-5817

業務（03）5395-3615

Printed in Japan

デザイン─菊地信義

本文データ制作─講談社デジタル製作

印刷───凸版印刷株式会社

製本───株式会社国宝社

ISBN978-4-06-518379-3

講談社文庫刊行の辞

二十一世紀の到来を目睫に望みながら、われわれはいま、人類史上かつて例を見ない巨大な転換期をむかえようとしている。

世界も、日本も、激動の予兆に対する期待とおののきを内に蔵して、未知の時代に歩み入ろうとしている。このときにあたり、創業の人野間清治の「ナショナル・エデュケイター」への志を現代に甦らせようと意図して、われわれはここに古今の文芸作品はいうまでもなく、ひろく人文・社会・自然の諸科学から東西の名著を網羅する、新しい綜合文庫の発刊を決意した。

激動の転換期はまた断絶の時代である。われわれは戦後二十五年間の出版文化のありかたへの深い反省をこめて、この断絶の時代にあえて人間的な持続を求めようとする。いたずらに浮薄な商業主義のあだ花を追い求めることなく、長期にわたって良書に生命をあたえようとつとめるところにしか、今後の出版文化の真の繁栄はあり得ないと信じるからである。

同時にわれわれはこの綜合文庫の刊行を通じて、人文・社会・自然の諸科学が、結局人間の学にほかならないことを立証しようと願っている。かつて知識とは、「汝自身を知る」ことにつきていた。現代社会の瑣末な情報の氾濫のなかから、力強い知識の源泉を掘り起し、技術文明のただなかに、生きた人間の姿を復活させること。それこそわれわれの切なる希求である。

われわれは権威に盲従せず、俗流に媚びることなく、渾然一体となって日本の「草の根」をかたちづくる若く新しい世代の人々に、心をこめてこの新しい綜合文庫をおくり届けたい。それは知識の泉であるとともに感受性のふるさとであり、もっとも有機的に組織され、社会に開かれた万人のための大学をめざしている。大方の支援と協力を衷心より切望してやまない。

一九七一年七月

野間省一

講談社文庫 最新刊

輪渡颯介
欺き の 童霊《わらしれい》
〈溝猫長屋 祠之怪〉
幽霊を見て、聞いて、嗅げる少年達。空き家で会った幽霊は、なぜか一人足りない——。

矢野隆
戦《いくさ》始末
絶体絶命の負け戦で、敵を足止めする殿軍《しんがり》。武将たちのその輝く姿を描いた戦国物語集！
吉川永青
治部の礎《いしずえ》
嫌われ者、石田三成。信念を最期まで貫き、大義に捧げた生涯を丹念、かつ大胆に描く。

秋川滝美
幸腹《こうふく》な百貨店
〈催事場で蕎麦屋呑み〉
催事企画が大ピンチ！ 新企画「蕎麦屋呑《そばやの》み」は、悩める社員と苦境の催事場を救えるか？

橋本治
九十八歳になった私
もし橋本治が九十八歳まで生きたなら？ 面倒くさい人生の神髄を愉快にボヤく老人賛歌！

さいとう・たかを
戸川猪佐武 原作
歴史劇画 大宰相
〈第三巻 岸信介の強腕〉
繁栄の時代に入った日本。保守大合同で自由民主党が誕生、元A級戦犯の岸信介が総理の座に。

古井由吉
詩への小路　ドゥイノの悲歌
リルケ「ドゥイノの悲歌」全訳をはじめドイツ、フランスの詩人からギリシャ悲劇まで、詩をめぐる自在な随想と翻訳。徹底した思索とエッセイズムが結晶した名篇。
解説＝平出 隆　年譜＝著者
ふＡ11
978-4-06-518501-8

石坂洋次郎　三浦雅士・編
乳母車／最後の女　石坂洋次郎傑作短編選
解説＝三浦雅士　年譜＝森 英一
いＡＡ1
978-4-06-518602-2
戦後を代表する流行作家の明朗健全な筆が、無意識に追いつづけた女たちの姿と家族像は、現代にこそ意外な形で光り輝く。いま再び読まれるべき名編九作を収録。

西尾維新
NISIOISIN
Illustration / VOFAN
講談社

著作100冊目！ 天衣無縫の

ヴェールド

西澤保彦　人格転移の殺人
西澤保彦　麦酒《ばくしゅ》の家の冒険
西澤保彦　ソフトタッチ・オペレーション
西澤保彦　新装版 瞬間移動死体
西澤保彦　いつか、ふたりは二匹
西村　健　ビ　ン　ゴ
西村　健　劫火3　突破再び
西村　健　笑　い　犬
西村　健　は　し　ご〈博多探偵ゆげ福〉
西村　健　完　食　！〈博多探偵ゆげ福〉
西村　健　地の底のヤマ(上)(下)
西村　健　光陰の刃《やいば》(上)(下)
楡　周平　青　狼　記(上)(下)
楡　周平　陪　審　法　廷
楡　周平　宿　命(上)(下)〈ワンス・アポン・ア・タイム・イン・東京〉
楡　周平　血　戦〈ワンス・アポン・ア・タイム・イン・東京2〉
楡　周平　修羅の宴(上)(下)
楡　周平　レイク・クローバー(上)(下)
西尾維新　クビキリサイクル〈青色サヴァンと戯言遣い〉

西尾維新　クビシメロマンチスト〈人間失格・零崎人識〉
西尾維新　クビツリハイスクール〈戯言遣いの弟子〉
西尾維新　サイコロジカル(上)〈兎吊木垓輔の戯言殺し〉(下)〈曳かれ者の小唄〉
西尾維新　ヒトクイマジカル〈殺戮奇術の匂宮兄妹〉
西尾維新　ネコソギラジカル(上)〈十三階段〉
西尾維新　ネコソギラジカル(中)〈赤き征裁vs.橙なる種〉
西尾維新　ネコソギラジカル(下)〈青色サヴァンと戯言遣い〉
西尾維新　ダブルダウン勘繰郎《かんぐろう》 トリプルプレイ助悪郎《スケアクロウ》
西尾維新　零崎双識の人間試験
西尾維新　零崎軋識《ぜろざきききしき》の人間ノック
西尾維新　零崎曲識の人間人間
西尾維新　零崎人識の人間関係 匂宮出夢との関係
西尾維新　零崎人識の人間関係 無桐伊織との関係
西尾維新　零崎人識の人間関係 零崎双識との関係
西尾維新　零崎人識の人間関係 戯言遣いとの関係
西尾維新　xxxHOLiC アナザーホリック ランドルト環《かん》エアロゾル
西尾維新　難　民　探　偵
西尾維新　少女不十分
西尾維新　本　題〈西尾維新対談集〉

西尾維新　掟上《おきてがみ》今日子《きょうこ》の備忘録
西尾維新　掟上今日子の推薦文
西尾維新　掟上今日子の挑戦状
西村賢太　どうで死ぬ身の一踊り
西村賢太　夢　魔　去　り　ぬ
西村賢太　藤澤清造追影
仁木英之　武《ぶ》神《しん》の賽《さい》〈千里伝〉
仁木英之　乾《けん》坤《こん》の児《こ》〈千里伝〉
仁木英之　真田を云《い》て、毛利を云わず〈大坂将星伝〉(上)(下)
仁木英之　まほろばの王たち
西川善文　ザ・ラストバンカー〈西川善文回顧録〉
西川　司　向日葵《ひまわり》のかっちゃん
西村雄一郎　殉　愛〈原節子と小津安二郎〉
西　加奈子　舞　台
貫井徳郎　新装版 修羅の終わり(上)(下)
貫井徳郎　鬼　流　殺　生　祭
貫井徳郎　妖　奇　切　断　譜
貫井徳郎　被害者は誰？
A・ネルソン「ネルソンさん、あなたは人を殺しましたか？」

野村　進　コリアン世界の旅
野村　進　救急精神病棟
野村　進　脳を知りたい！
法月綸太郎　雪　密　室
法月綸太郎　誰《たそ》　彼《がれ》
法月綸太郎　新装版　密閉教室
法月綸太郎　怪盗グリフィン、絶体絶命
法月綸太郎　怪盗グリフィン対ラトウィッジ機関
法月綸太郎　キングを探せ
法月綸太郎　名探偵傑作短篇集　法月綸太郎篇
法月綸太郎　新装版　頼子のために
乃南アサ　不　発　弾
乃南アサ　ニサッタ、ニサッタ(上)(下)
乃南アサ　地のはてから(上)(下)
乃南アサ　新装版　鍵
乃南アサ　新装版　窓
野口悠紀雄　「超」勉強法
野口悠紀雄　「超」勉強法・実践編
野口悠紀雄　「超」発想法
野口悠紀雄　「超」英語法
野沢　尚　破線のマリス
野沢　尚　呼《よ》　人《ひと》
野沢　尚　深　紅
野沢　尚　砦なき者
野沢　尚　魔　笛
野沢　尚　ひたひたと
野沢　尚　ラストソング
野崎　歓　赤ちゃん教育
能町みね子　能　ス　ポ〈『能町みね子のときめきデートスポット』、略して〉
能町みね子　能　サ　ポ〈『能町みね子のときめきサッカーうどんサポーター』、略して〉
野口　卓　一九戯作旅
原田泰治　わたしの信州
原田泰治・原田武雄　泰治が歩く〈原田泰治の物語〉
原田康子　海　霧(上)(中)(下)
林　真理子　幕はおりたのだろうか
林　真理子　女のことわざ辞典
林　真理子　さくら、さくら〈おとなが恋して〉
林　真理子　みんなの秘密
林　真理子　ミスキャスト
林　真理子　ミルキー
林　真理子　新装版　星に願いを
林　真理子　野心と美貌〈中年心得帳〉
林　真理子　正　妻(上)(下)〈慶喜と美賀子〉
林　真理子　大《お》原《はら》御《ご》幸《こう》〈帯に生きた家族の物語〉
林真理子・見城徹　過剰な二人
原田宗典　スメル男
原田宗典　私は好奇心の強いゴッドファーザー
原田宗典　たまげた録
原田宗典・文　かとうゆめこ・絵　考えない世界
帚木蓬生　アフリカの蹄《ひづめ》
帚木蓬生　日　御　子(上)(下)
坂東眞砂子　欲　情
花村萬月　皆　月
花村萬月　空は青いか〈萬月夜話其の一〉
花村萬月　犬でわるいか〈萬月夜話其の二〉
花村萬月　草《くさ》臥《ぶ》し日記〈萬月夜話其の三〉
花村萬月　信長　私記

講談社文庫　目録

花村萬月　續信長私記
畑村洋太郎　失敗学のすすめ
畑村洋太郎　失敗学実践講義〈文庫増補版〉
花井愛子　ときめきイチゴ時代〈ティーンズハートの1987～1997〉
はやみねかおる　そして五人がいなくなる〈名探偵夢水清志郎事件ノート〉
はやみねかおる　都《ま》会《ち》のトム&ソーヤ(1)
はやみねかおる　都《ま》会《ち》のトム&ソーヤ(3)〈いつになったら作戦《ミッション》終了?〉
はやみねかおる　都《ま》会《ち》のトム&ソーヤ(4)〈四重奏《カルテット》〉
はやみねかおる　都《ま》会《ち》のトム&ソーヤ(5)〈IN《イン》塀戸《VADE》〉(上)(下)
はやみねかおる　都《ま》会《ち》のトム&ソーヤ(6)〈ぼくの家へおいで〉
はやみねかおる　都《ま》会《ち》のトム&ソーヤ(7)《怪人は夢に舞う〈理論編〉》
はやみねかおる　都《ま》会《ち》のトム&ソーヤ(8)《怪人は夢に舞う〈実践編〉》
はやみねかおる　都《ま》会《ち》のトム&ソーヤ(9)〈前夜祭《EVE》 内人《ないと》side〉
はやみねかおる　都《ま》会《ち》のトム&ソーヤ(10)〈前夜祭《EVE》 創也《そうや》side〉
勇嶺《はやみね》薫《かおる》　赤い夢の迷宮
橋口いくよ　猛烈に! アロハ萌え
服部真澄　極楽行き〈清談　佛々堂先生〉
服部真澄　クラウド・ナイン
早瀬詠一郎　つげの箸〈裏十手からくり草紙〉

早瀬詠一郎　平手造《み》酒《き》
早瀬乱　レイニー・パークの音
初野晴　向こう側の遊園
原武史　滝山コミューン一九七四
濱嘉之　警視庁情報官〈シークレット・オフィサー〉
濱嘉之　警視庁情報官　ハニートラップ
濱嘉之　警視庁情報官　トリックスター
濱嘉之　警視庁情報官　ブラックドナー
濱嘉之　警視庁情報官　サイバージハード
濱嘉之　警視庁情報官　ゴーストマネー
濱嘉之　警視庁情報官　ノースブリザード
濱嘉之　鬼《き》手《しゅ》〈世田谷駐在刑事・小林健〉
濱嘉之　電子の標的〈警視庁特別捜査官・藤江康央〉
濱嘉之　列島融解
濱嘉之　オメガ　警察庁諜報課
濱嘉之　オメガ　対中工作
濱嘉之　ヒトイチ　警視庁人事一課監察係
濱嘉之　ヒトイチ　画像解析〈警視庁人事一課監察係〉
濱嘉之　ヒトイチ　内部告発〈警視庁人事一課監察係〉

濱嘉之　カルマ真仙教事件(上)(中)(下)
濱嘉之　新装版　院内刑《デ》事《カ》
橋本紡　彩乃ちゃんのお告げ
馳星周　やつらを高く吊せ
馳星周　ラフ・アンド・タフ
早見俊　右近の鯔背《いなせ》銀《いち》杏《よう》〈双子同心捕物競い(二)〉
早見俊　同心の鑑《かがみ》〈双子同心捕物競い(三)〉
早見俊　上方与力江戸暦
畠中恵　アイスクリン強し
畠中恵　若様組まいる
畠中恵　若様とロマン
はるな愛　素晴らしき、この人生
葉室麟　風渡る
葉室麟　風の軍師〈黒田官兵衛〉
葉室麟　星火瞬く
葉室麟　陽《かげ》炎《ろう》の門
葉室麟　紫匂う
葉室麟　山月庵茶会記
葉室麟　津軽双花

長谷川 卓 嶽《がく》神《じん》〈上・白銀《しろがね》渡り〉〈下・湖底の黄金〉
長谷川 卓 嶽神伝《がくじんでん》 無坂《むさか》(上)(下)
長谷川 卓 嶽神伝《がくじんでん》 孤猿《こえん》(上)(下)
長谷川 卓 嶽神伝《がくじんでん》 鬼哭《きこく》(上)(下)
長谷川 卓 嶽神列伝 逆渡《さかわた》り
長谷川 卓 嶽神伝《がくじんでん》 血路
長谷川 卓 嶽神伝《がくじんでん》 死地
長谷川 卓 嶽神伝 風花 (上)(下)
HABU 誰の上にも青空はある
幡 大介 股旅探偵 上州呪い村
原田マハ 夏を喪くす
原田マハ 風のマジム
原田マハ あなたは、誰かの大切な人
羽田圭介 「ワタクシハ」
羽田圭介 コンテクスト・オブ・ザ・デッド
原田ひ香 人生オークション
花房観音 女坂
花房観音 指人形
花房観音 恋塚
畑野智美 海の見える街
畑野智美 南部芸能事務所
畑野智美 南部芸能事務所 season2 メリーランド
畑野智美 南部芸能事務所 season3 春の嵐
畑野智美 南部芸能事務所 season4 オーディション
畑野智美 南部芸能事務所 season5 コンビ
早見和真 東京ドーン
はあちゅう 半径5メートルの野望
早坂 吝《やぶさか》 ○○○○○○○○殺人事件
早坂 吝 虹の歯《かみ》ブラシ〈上木らいち発散〉
早坂 吝 誰も僕を裁けない
早坂 吝 双蛇《そうじゃ》密室
浜口倫太郎 22年目の告白〈―私が殺人犯です―〉
浜口倫太郎 廃校先生
浜口倫太郎 シンマイ！
浜口倫太郎 AI崩壊
原田伊織 明治維新という過ち〈日本を滅ぼした吉田松陰と長州テロリスト〉
原田伊織 列強の侵略を防いだ幕臣たち〈続・明治維新という過ち〉
原田伊織 虚像の西郷隆盛 虚構の明治150年〈明治維新という過ち・完結編〉
原田伊織 三流の維新 一流の江戸〈明治は「徳川近代」の模倣に過ぎない〉
萩原はるな 50回目のファーストキス
葉真中《はまなか》 顕《あき》 ブラック・ドッグ
平岩弓枝 花嫁の日
平岩弓枝 結婚の四季
平岩弓枝 わたしは椿姫
平岩弓枝 花祭
平岩弓枝 青の伝説
平岩弓枝 青の回帰 (上)(下)
平岩弓枝 青の背信
平岩弓枝 五人女捕物くらべ (上)(下)
平岩弓枝 はやぶさ新八御用旅(一)〈東海道五十三次〉
平岩弓枝 はやぶさ新八御用旅(二)〈中仙道六十九次〉
平岩弓枝 はやぶさ新八御用旅(三)〈日光例幣使道の殺人〉
平岩弓枝 はやぶさ新八御用旅(四)〈北前船の事件〉
平岩弓枝 はやぶさ新八御用旅(五)〈諏訪の妖狐〉
平岩弓枝 はやぶさ新八御用旅(六)〈紅花染め秘帳〉
平岩弓枝 新装版 はやぶさ新八御用帳(一)〈大奥の恋人〉
平岩弓枝 新装版 はやぶさ新八御用帳(二)〈江戸の海賊〉

講談社文庫　目録

平岩弓枝　新装版 はやぶさ新八御用帳(三)〈又右衛門の女房〉
平岩弓枝　新装版 はやぶさ新八御用帳(四)〈鬼勘の娘〉
平岩弓枝　新装版 はやぶさ新八御用帳(五)〈御守殿おたき〉
平岩弓枝　新装版 はやぶさ新八御用帳(六)〈春月の雛〉
平岩弓枝　新装版 はやぶさ新八御用帳(七)〈寒椿の寺〉
平岩弓枝　新装版 はやぶさ新八御用帳(八)〈春怨 根津権現〉
平岩弓枝　新装版 はやぶさ新八御用帳(九)〈王子稲荷の女〉
平岩弓枝　新装版 はやぶさ新八御用帳(十)〈幽霊屋敷の女〉
平岩弓枝　老いること暮らすこと
平岩弓枝　なかなかいい生き方
東野圭吾　放課後
東野圭吾　卒業
東野圭吾　学生街の殺人
東野圭吾　魔球
東野圭吾　十字屋敷のピエロ
東野圭吾　眠りの森
東野圭吾　宿命
東野圭吾　変身
東野圭吾　仮面山荘殺人事件
東野圭吾　天使の耳
東野圭吾　ある閉ざされた雪の山荘で
東野圭吾　同級生
東野圭吾　名探偵の呪縛
東野圭吾　むかし僕が死んだ家
東野圭吾　虹を操る少年
東野圭吾　パラレルワールド・ラブストーリー
東野圭吾　天空の蜂
東野圭吾　どちらかが彼女を殺した
東野圭吾　名探偵の掟
東野圭吾　悪意
東野圭吾　私が彼を殺した
東野圭吾　嘘をもうひとつだけ
東野圭吾　時生
東野圭吾　赤い指
東野圭吾　流星の絆
東野圭吾　新装版 浪花少年探偵団
東野圭吾　新装版 しのぶセンセにサヨナラ
東野圭吾　新参者
東野圭吾　麒麟の翼
東野圭吾　パラドックス13
東野圭吾　祈りの幕が下りる時
東野圭吾　危険なビーナス
東野圭吾作家生活25周年祭り実行委員会　東野圭吾公式ガイド（読者1万人が選んだ東野作品人気ランキング発表）
平野啓一郎　高瀬川
平野啓一郎　ドーン
平野啓一郎　空白を満たしなさい(上)(下)
平山譲　片翼チャンピオン
百田尚樹　永遠の0《ゼロ》
百田尚樹　輝く夜
百田尚樹　風の中のマリア
百田尚樹　影法師
百田尚樹　ボックス！(上)(下)
百田尚樹　海賊とよばれた男(上)(下)
ヒキタクニオ　東京ボイス
平田オリザ　十六歳のオリザの冒険をしるす本
平田オリザ　幕が上がる
ビッグイシュー・枝元なほみ　世界一あたたかい人生相談

久生十蘭　久生十蘭「従軍日記」
東　直子　さようなら窓
東　直子　らいほうさんの場所
東　直子　トマト・ケチャップ・ス
樋口明雄　ミッドナイト・ラン！
樋口明雄　ドッグ・ラン！
平谷美樹　居留地同心・凌之介秘帳 小倫敦の幽霊
蛭田亜紗子　人肌ショコラリキュール
樋口卓治　ボクの妻と結婚してください。
樋口卓治　続・ボクの妻と結婚してください。
樋口卓治　もう一度、お父さんと呼んでくれ。
樋口卓治　「ファミリーラブストーリー」
平山夢明　どたんばたん（土壇場譚）〈大江戸怪談〉
平山夢明　魂《たま》豆《どう》腐《ふ》〈大江戸怪談どたんばたん（土壇場譚）〉
東川篤哉　純喫茶「一服堂」の四季
東山彰良　流《りゅう》
樋口直哉　偏差値68の目玉焼き〈星ヶ丘高校料理部〉
平田研也　小さな恋のうた
藤沢周平　新装版 春秋の檻〈獄医立花登手控え㈠〉

藤沢周平　新装版 風雪の檻〈獄医立花登手控え㈡〉
藤沢周平　新装版 愛憎の檻〈獄医立花登手控え㈢〉
藤沢周平　新装版 人間の檻〈獄医立花登手控え㈣〉
藤沢周平　新装版 闇の歯車
藤沢周平　新装版 市塵(上)(下)
藤沢周平　新装版 決闘の辻
藤沢周平　新装版 雪明かり
藤沢周平　義民が駆ける〈レジェンド歴史時代小説〉
藤沢周平　喜多川歌麿女絵草紙
藤沢周平　闇の梯子
藤沢周平　長門守の陰謀
船戸与一　新装版 カルナヴァル戦記
藤田宜永　樹下の想い
藤田宜永　艶《つや》めき
藤田宜永　流砂
藤田宜永　子宮の記憶〈ここにあなたがいる〉
藤田宜永　乱調
藤田宜永　壁画修復師
藤田宜永　前夜のものがたり

藤田宜永　戦力外通告
藤田宜永　いつかは恋を
藤田宜永　喜の行列 悲の行列(上)(下)
藤田宜永　老猿
藤田宜永　女系の総督
藤田宜永　血の弔旗
藤田宜永　大雪物語
藤　水名子　紅嵐記(上)(中)(下)
藤原伊織　テロリストのパラソル
藤原伊織　蚊トンボ白鬚の冒険(上)(下)
藤原伊織　遊戯
藤田紘一郎　笑うカイチュウ
藤本ひとみ　新・三銃士 少年編・青年編〈ダルタニャンとミラディ〉
藤本ひとみ　皇妃エリザベート
福井晴敏　Twelve《トゥエルブ》 Y.O.《ワイオー》
福井晴敏　亡国のイージス(上)(下)
福井晴敏　川の深さは
福井晴敏　終戦のローレライ I～IV
福井晴敏　6ステイン

講談社文庫　目録

福井晴敏　平成関東大震災〈いつか来るとは知っていたが今日来るとは思わなかった〉
福井晴敏　人類資金1～7
福井晴敏　限定版人類資金7
福井晴敏作／霜月かよ子画　C-blossom《シーブロッサム》〈case《ケース》729〉
藤原緋沙子　遠花火〈見届け人秋月伊織事件帖〉
藤原緋沙子　春《はる》疾風《はやて》〈見届け人秋月伊織事件帖〉
藤原緋沙子　暖《ぬくめ》鳥《どり》〈見届け人秋月伊織事件帖〉
藤原緋沙子　霧の路《みち》〈見届け人秋月伊織事件帖〉
藤原緋沙子　鳴《なる》子《こ》守《もり》〈見届け人秋月伊織事件帖〉
藤原緋沙子　夏ほたる〈見届け人秋月伊織事件帖〉
藤原緋沙子　笛吹川〈見届け人秋月伊織事件帖〉
藤原緋沙子　青《せい》嵐《らん》〈見届け人秋月伊織事件帖〉
椹野道流　禅定の弓〈鬼籍通覧〉
椹野道流　亡羊の嘆〈鬼籍通覧〉
椹野道流　新装版　暁天の星〈鬼籍通覧〉
椹野道流　新装版　無《む》明《みょう》の闇〈鬼籍通覧〉
椹野道流　新装版　壺《こ》中《ちゅう》の天〈鬼籍通覧〉
椹野道流　新装版　隻《せき》手《しゅ》の声〈鬼籍通覧〉

福田和也　悪女の美食術
深水黎一郎　トスカの接吻〈オペラ・ミステリオーザ〉
深水黎一郎　ジークフリートの剣《つるぎ》
深水黎一郎　言霊《ことだま》たちの反乱
深水黎一郎　世界で一つだけの殺し方
深水黎一郎　ミステリー・アリーナ
深水黎一郎　倒叙の四季〈破られた完全犯罪〉
深見真　硝煙の向こう側に彼女〈武装強行犯捜査・塚田志士子〉
藤谷治　花や今宵の
深町秋生　ダウン・バイ・ロー
古市憲寿　働き方は「自分」で決める
船瀬俊介　かんたん「1日1食」!!〈万病が治る！　20歳若返る！〉
二上剛　黒薔薇　刑事課強行犯係　神木恭子
二上剛　ダーク・リバー〈暴力犯係長　葛城みずき〉
藤野可織　おはなしして子ちゃん
古野まほろ　身元不明《ジェーン・ドゥ》〈特殊殺人対策官　箱崎ひかり〉
古野まほろ　陰陽少女
藤崎翔　時間を止めてみたんだが
藤井邦夫　大江戸閻魔帳《えんまちょう》

藤井邦夫　三つの顔〈大江戸閻魔帳㈡〉
藤井邦夫　渡世人〈大江戸閻魔帳㈢〉
福澤徹三／糸《し》柳《やな》寿《とし》昭《あき》　忌《い》み地〈怪談社奇聞録〉
辺見庸　抵抗論
星新一　エヌ氏の遊園地
星新一編　ショートショートの広場①～⑨
本田靖春　不当逮捕
保阪正康　昭和史七つの謎
保阪正康　昭和史七つの謎Part2
保阪正康　天皇〈「君主」の父、「民主」の子〉
保坂和志　未明の闘争(上)(下)
堀江敏幸　熊の敷石
堀江敏幸　燃焼のための習作
本格ミステリ作家クラブ編　珍しい物語のつくり方〈本格短編ベスト・セレクション〉
本格ミステリ作家クラブ編　法廷ジャックの心理学〈本格短編ベスト・セレクション〉
本格ミステリ作家クラブ編　凍れる女神の秘密〈本格短編ベスト・セレクション〉
本格ミステリ作家クラブ編　からくり伝言少女〈本格短編ベスト・セレクション〉
本格ミステリ作家クラブ編　探偵の殺される夜〈本格短編ベスト・セレクション〉
本格ミステリ作家クラブ編　墓守刑事の昔語り〈本格短編ベスト・セレクション〉

本格ミステリ作家クラブ編 子ども狼ゼミナール〈本格短編ベスト・セレクション〉
本格ミステリ作家クラブ編 ベスト本格ミステリTOP5〈短編傑作選001〉
本格ミステリ作家クラブ編 ベスト本格ミステリTOP5〈短編傑作選002〉
本格ミステリ作家クラブ編 ベスト本格ミステリTOP5〈短編傑作選003〉
本格ミステリ作家クラブ編 ベスト本格ミステリTOP5〈短編傑作選004〉
本格ミステリ作家クラブ選・編 本格王2019
星野智幸 毒身
星野智幸 われら猫の子
星野智幸 夜は終わらない(上)(下)
本田靖春 我、拗ね者として生涯を閉ず(上)(下)
本城英明 警察庁広域特捜官 梶山俊介〈広島・尾道「刑事《デカ》殺し」〉
堀田純司 スゴい雑誌〈「業界誌」の底知れない魅力〉
堀田純司 僕とツンデレとハイデガー〈ヴェルシオン アドレサンス〉
本多孝好 チェーン・ポイズン
本多孝好 君の隣に
穂村弘 整形前夜
穂村弘 ぼくの短歌ノート
堀川アサコ 幻想郵便局
堀川アサコ 幻想映画館
堀川アサコ 幻想日記店
堀川アサコ 幻想探偵社
堀川アサコ 幻想温泉郷
堀川アサコ 幻想短編集
堀川アサコ 幻想寝台車
堀川アサコ 大奥の座敷童子
堀川アサコ おちゃっぴい〈大江戸八百八〉
堀川アサコ 月下におくる(上)(下)〈沖田総司青春録〉
堀川アサコ 芳《ほう》一《いち》
堀川アサコ 月夜彦
堀川アサコ 魔法使ひ
本城雅人 境界〈横浜中華街・潜伏捜査〉
本城雅人 スカウト・デイズ
本城雅人 スカウト・バトル
本城雅人 嗤うエース
本城雅人 贅沢のススメ
本城雅人 誉れ高き勇敢なブルーよ
本城雅人 シューメーカーの足音
本城雅人 ミッドナイト・ジャーナル
堀川惠子 裁かれた命〈死刑囚から届いた手紙〉
堀川惠子 死刑の基準〈「永山裁判」が遺したもの〉
堀川惠子 永山則夫〈封印された鑑定記録〉
堀川惠子 教誨師
堀川惠子 戦禍に生きた演劇人たち〈演出家・八田元夫と「桜隊」の悲劇〉
堀川惠子 小笠原信之 チンチン電車と女学生〈1945年8月6日・ヒロシマ〉
ほしおさなえ 空き家課まぼろし譚
誉田哲也 Qros《キュロス》の女
松本清張 草の陰刻
松本清張 黄色い風土
松本清張 黒い樹海
松本清張 連環
松本清張 花氷
松本清張 ガラスの城
松本清張 殺人行おくのほそ道(上)(下)
松本清張 塗られた本
松本清張 熱い絹(上)(下)
松本清張 邪馬台国 清張通史①
松本清張 空白の世紀 清張通史②

松本清張　カミと青銅の迷路　清張通史③
松本清張　天皇と豪族　清張通史④
松本清張　壬申の乱　清張通史⑤
松本清張　古代の終焉　清張通史⑥
松本清張　新装版増上寺刃傷
松本清張　新装版 紅刷り江戸噂
松本清張　大奥婦女記〈レジェンド歴史時代小説〉
松本清張他　日本史七つの謎
松谷みよ子　ちいさいモモちゃん
松谷みよ子　モモちゃんとアカネちゃん
松谷みよ子　アカネちゃんの涙の海
眉村　卓　ねらわれた学園
眉村　卓　なぞの転校生
丸谷才一　恋と女の日本文学
丸谷才一　輝く日の宮
麻耶雄嵩　翼ある闇〈メルカトル鮎最後の事件〉
麻耶雄嵩　夏と冬の奏鳴曲《ソナタ》
麻耶雄嵩　メルカトルかく語りき
麻耶雄嵩　神様ゲーム
松浪和夫　警官魂〈激震篇〉〈反撃篇〉
松井今朝子　仲蔵狂乱
松井今朝子　奴《やっこ》の小万《こまん》と呼ばれた女
松井今朝子　似《に》せ者《もん》
松井今朝子　そろそろ旅に
松井今朝子　星と輝き花と咲き
町田　康　へらへらぼっちゃん
町田　康　つるつるの壺
町田　康　耳そぎ饅頭
町田　康　権現の踊り子
町田　康　浄土
町田　康　猫にかまけて
町田　康　猫のあしあと
町田　康　猫とあほんだら
町田　康　猫のよびごえ
町田　康　真実真正日記
町田　康　宿屋めぐり
町田　康　人間小唄
町田　康　スピンク日記
町田　康　スピンク合財帖
町田　康　スピンクの壺
舞城王太郎　煙か土か食い物〈Smoke, Soil or Sacrifices〉
舞城王太郎　世界は密室でできている。〈THE WORLD IS MADE OUT OF CLOSED ROOMS〉
舞城王太郎　好き好き大好き超愛してる。
舞城王太郎　イキルキス
舞城王太郎　短篇五芒星
松浦寿輝　花腐《くた》し
松浦寿輝　あやめ鰈ひかがみ
真山　仁　虚像の砦
真山　仁　新装版 ハゲタカ(上)(下)
真山　仁　新装版 ハゲタカII(上)(下)
真山　仁　レッドゾーン(上)(下)〈ハゲタカIV〉
真山　仁　グリード(上)(下)〈ハゲタカ2・5〉
真山　仁　ハーディ(上)(下)〈ハゲタカ4・5〉
真山　仁　スパイラル
真山　仁　そして、星の輝く夜がくる
牧　秀彦　裂《れっ》帛《ぱく》〈五坪道場一手指南〉
牧　秀彦　凛《りん》々《りん》〈五坪道場一手指南〉

牧　秀彦　雄《ゆう》飛《ひ》〈五坪道場一手指南〉
牧　秀彦　清《せい》冽《れつ》〈五坪道場一手指南〉
牧　秀彦　美《び》剣《けん》〈五坪道場一手指南〉
真梨幸子　孤《こ》虫《ちゅう》症《しょう》
真梨幸子　深く深く、砂に埋めて
真梨幸子　女ともだち
真梨幸子　クロク、ヌレ！
真梨幸子　えんじ色心中
真梨幸子　カンタベリー・テイルズ
真梨幸子　イヤミス短篇集
真梨幸子　人生相談。
真梨幸子　私が失敗した理由は
牧野　修／巴亮介 漫画原作　ミュージアム〈公式ノベライズ〉
松本裕士　兄弟〈追憶のhide〉
円居　挽　丸太町ルヴォワール
円居　挽　烏丸ルヴォワール
円居　挽　今出川ルヴォワール
円居　挽　河原町ルヴォワール
円居　挽／原作 福本伸行　カイジ ファイナルゲーム 小説版

松宮　宏　さくらんぼ同盟
丸山天寿　琅《ろう》邪《や》の鬼
丸山天寿　琅《ろう》邪《や》の虎
町山智浩　アメリカ格差ウォーズ 99%対1%
松岡圭祐　探偵の探偵
松岡圭祐　探偵の探偵II
松岡圭祐　探偵の探偵III
松岡圭祐　探偵の探偵IV
松岡圭祐　水鏡推理
松岡圭祐　水鏡推理II〈インパクトファクター〉
松岡圭祐　水鏡推理III〈パレイドリア・フェイス〉
松岡圭祐　水鏡推理IV〈アノマリー〉
松岡圭祐　水鏡推理V〈ニュークリアフュージョン〉
松岡圭祐　水鏡推理VI〈クロノスタシス〉
松岡圭祐　探偵の鑑定I
松岡圭祐　探偵の鑑定II
松岡圭祐　万能鑑定士Qの最終巻〈ムンクの〈叫び〉〉
松岡圭祐　黄砂の籠城(上)(下)
松岡圭祐　シャーロック・ホームズ対伊藤博文

松岡圭祐　八月十五日に吹く風
松岡圭祐　生きている理由
松岡圭祐　黄砂の進撃
松岡圭祐　瑕《か》疵《し》借り
松島泰勝　琉球独立宣言〈実現可能な五つの方法〉
松原　始　カラスの教科書
益田ミリ　五年前の忘れ物
益田ミリ　お茶の時間
マキタスポーツ　一億総ツッコミ時代〈決定版〉
三好　徹　政・財 腐蝕の100年
三島由紀夫／TBSヴィンテージクラシックス 編　告白 三島由紀夫未公開インタビュー
三浦綾子　ひつじが丘
三浦綾子　岩に立つ
三浦綾子　青い棘《とげ》
三浦綾子　イエス・キリストの生涯
三浦綾子　愛すること信ずること
三浦明博　滅びのモノクローム
宮尾登美子　新装版天璋院篤姫(上)(下)
宮尾登美子　新装版 一絃の琴

宮尾登美子　〈レジェンド歴史時代小説〉東福門院和子《まさこ》の涙 (上)(下)
皆川博子　クロコダイル路地
宮本　輝　ひとたびはポプラに臥す 1〜6
宮本　輝　骸骨ビルの庭 (上)(下)
宮本　輝　新装版 二十歳《はたち》の火影《ほかげ》
宮本　輝　新装版 命の器
宮本　輝　新装版 避暑地の猫
宮本　輝　新装版 ここに地終わり 海始まる (上)(下)
宮本　輝　新装版 花の降る午後 (上)(下)
宮本　輝　新装版 オレンジの壺 (上)(下)
宮本　輝　にぎやかな天地 (上)(下)
宮本　輝　新装版 朝の歓び (上)(下)
宮城谷昌光　侠骨記
宮城谷昌光　夏姫春秋 (上)(下)
宮城谷昌光　花の歳月
宮城谷昌光　重耳《ちょうじ》(全三冊)
宮城谷昌光　介《かい》子《し》推《すい》
宮城谷昌光　孟嘗君 全五冊
宮城谷昌光　春秋の名君
宮城谷昌光　子産 (上)(下)
宮城谷昌光他　異色中国短篇傑作大全
宮城谷昌光　湖底の城〈呉越春秋〉一
宮城谷昌光　湖底の城〈呉越春秋〉二
宮城谷昌光　湖底の城〈呉越春秋〉三
宮城谷昌光　湖底の城〈呉越春秋〉四
宮城谷昌光　湖底の城〈呉越春秋〉五
宮城谷昌光　湖底の城〈呉越春秋〉六
宮城谷昌光　湖底の城〈呉越春秋〉七
宮城谷昌光　湖底の城〈呉越春秋〉八
水木しげる　コミック昭和史1〈関東大震災〜満州事変〉
水木しげる　コミック昭和史2〈満州事変〜日中全面戦争〉
水木しげる　コミック昭和史3〈日中全面戦争〜太平洋戦争開始〉
水木しげる　コミック昭和史4〈太平洋戦争前半〉
水木しげる　コミック昭和史5〈太平洋戦争後半〉
水木しげる　コミック昭和史6〈終戦から朝鮮戦争〉
水木しげる　コミック昭和史7〈講和から復興〉
水木しげる　コミック昭和史8〈高度成長以降〉
水木しげる　総員玉砕せよ！
水木しげる　敗走記
水木しげる　白い旗
水木しげる　姑娘《クーニャン》
水木しげる　決定版 日本妖怪大全〈妖怪・あの世・神様〉
水木しげる　ほんまにオレはアホやろか
宮部みゆき　ステップファザー・ステップ
宮部みゆき　新装版 震える岩〈霊験お初捕物控〉
宮部みゆき　新装版 天狗風〈霊験お初捕物控〉
宮部みゆき　ICO《イコ》—霧の城— (上)(下)
宮部みゆき　ぼんくら (上)(下)
宮部みゆき　新装版 日暮らし (上)(下)
宮部みゆき　おまえさん (上)(下)
宮部みゆき　小暮写眞館 (上)(下)
宮子あずさ　看護婦が見つめた人間が死ぬということ
宮子あずさ　看護婦が見つめた人間が病むということ
宮子あずさ　ナースコール
宮本昌孝　家康、死す (上)(下)
三津田信三　忌《い》館《かん》〈ホラー作家の棲む家〉
三津田信三　作者不詳〈ミステリ作家の読む本〉(上)(下)

三津田信三　蛇《じゃ》棺《かん》葬《そう》
三津田信三　百《ひゃく》蛇《じゃ》堂《どう》〈怪談作家の語る話〉
三津田信三　厭魅《まじもの》の如き憑くもの
三津田信三　凶鳥《まがとり》の如き忌むもの
三津田信三　首無《くびなし》の如き祟るもの
三津田信三　山魔《やまんま》の如き嗤《わら》うもの
三津田信三　水魑《みづち》の如き沈むもの
三津田信三　密室《ひめむろ》の如き籠《こも》るもの
三津田信三　生霊《いきだま》の如き重《だぶ》るもの
三津田信三　幽女《ゆうじょ》の如き怨むもの
三津田信三　シェルター　終末の殺人
三津田信三　ついてくるもの
三津田信三　誰かの家
三輪太郎　あなたの正しさと、ぼくのセツナさ
三輪太郎　死という鏡〈この30年の日本文芸を読む〉
宮田珠己　ふしぎ盆栽ホンノンボ
道尾秀介　カラスの親指〈by rule of CROW's thumb〉
道尾秀介　水の柩
深木《みき》章子《あきこ》　鬼畜の家
深木章子　衣更月《きさらぎ》家の一族
深木章子　螺旋《らせん》の底
深志《みゆき》美由紀　美食の報酬
三木笙子　百年の記憶〈哀しみを刻む石〉
湊かなえ　リバース
宮内悠介　彼女がエスパーだったころ
宮乃崎桜子《みやのさきさくらこ》　綺羅《きら》の皇女《ひめみこ》(1)
宮乃崎桜子　綺羅の皇女(2)
村上龍　海の向こうで戦争が始まる
村上龍　走れ！タカハシ
村上龍　愛と幻想のファシズム(上)(下)
村上龍　超電導ナイトクラブ
村上龍　イビサ
村上龍　音楽の海岸
村上龍　村上龍料理小説集
村上龍　村上龍映画小説集
村上龍　ストレンジ・デイズ
村上龍　共生虫
村上龍　新装版　限りなく透明に近いブルー
村上龍　新装版　コインロッカー・ベイビーズ
村上龍　歌うクジラ(上)(下)
向田邦子　新装版　眠る盃
向田邦子　新装版　夜中の薔薇
村上春樹　風の歌を聴け
村上春樹　1973年のピンボール
村上春樹　羊をめぐる冒険(上)(下)
村上春樹　カンガルー日和
村上春樹　回転木馬のデッド・ヒート
村上春樹　ノルウェイの森(上)(下)
村上春樹　ダンス・ダンス・ダンス(上)(下)
村上春樹　遠い太鼓
村上春樹　国境の南、太陽の西
村上春樹　やがて哀しき外国語
村上春樹　アンダーグラウンド
村上春樹　スプートニクの恋人
村上春樹　アフターダーク
村上春樹／佐々木マキ絵　羊男のクリスマス
村上春樹／佐々木マキ絵　ふしぎな図書館

講談社文庫　目録

村上春樹 / 糸井重里　夢で会いましょう
村上春樹・文 / 安西水丸・絵　ふ わ ふ わ
U・K・ル＝グウィン / 村上春樹訳　空 飛 び 猫
U・K・ル＝グウィン / 村上春樹訳　帰ってきた空飛び猫
U・K・ル＝グウィン / 村上春樹訳　素晴らしいアレキサンダーと、空飛び猫たち
U・K・ル＝グウィン / 村上春樹訳　空を駆けるジェーン
T・ファリッシュ著 / B・ルート絵 / 村上春樹訳　ポテト・スープが大好きな猫
群ようこ　濃い人々〈いとしの作中人物たち〉
群ようこ　いいわけ劇場
群ようこ　浮世道場
群ようこ　馬琴の嫁
村山由佳　すべての雲は銀の…(上)(下)
村山由佳　永遠。
村山由佳　天翔る
室井滋　うまうまノート
室井滋　気になり飯《めし》〈うまうまノート②〉
睦月影郎　平成好色一代男　和装セレブ妻の香り
睦月影郎　新・平成好色一代男　元部下のOL
睦月影郎　新・平成好色一代男　隣人と。女子アナと。
睦月影郎　帰ってきた平成好色一代男　一の巻
睦月影郎　平成好色一代男　占女《せんにょ》楽天編
睦月影郎　帰ってきた平成好色一代男　完結編
睦月影郎　武家娘〈明暦江戸隠密控〉
睦月影郎　密通妻
睦月影郎　姫《ひめ》遊《なそび》
睦月影郎　肌《はだ》褥《しとね》
睦月影郎　影《かげ》舞《まい》
睦月影郎　傀儡《くぐつ》舞《まい》
睦月影郎　とろり蜜姫・掛け乞い〈睦月影郎傑作選〉
睦月影郎　卒業一九七四年
睦月影郎　初夏一九七四年
睦月影郎　快楽のグルメ
睦月影郎　快楽のリベンジ
睦月影郎　快楽ハラスメント
睦月影郎　快楽アクアリウム
向井万起男　渡る世間は「数字」だらけ
向井万起男　謎の1セント硬貨〈真実は細部に宿る in USA〉
村田沙耶香　授乳
村田沙耶香　マウス
村田沙耶香　星が吸う水
村田沙耶香　殺人出産
村瀬秀信　気がつけばチェーン店ばかりでメシを食べている
室積光　ツボ押しの達人
室積光　ツボ押しの達人　下山編
森村誠一　悪道
森村誠一　悪道　西国謀反
森村誠一　悪道　御三家の刺客
森村誠一　悪道　五右衛門の復讐
森村誠一　悪道　最後の密命
森村誠一　ミッドウェイ
森村誠一　棟居刑事の復讐
森村誠一　日蝕の断層
森村誠一　ねこの証明
森詠　吉原首代　左助始末帳
毛利恒之　月光の夏
森博嗣　すべてがFになる〈THE PERFECT INSIDER〉
森博嗣　冷たい密室と博士たち〈DOCTORS IN ISOLATED ROOM〉

2019年12月15日現在